KB236939

劍帝淡月

검제진월

FANTASTIC ORIENTAL HEROES

류연 新무협 판타지 소설

검제 진소월 1

류연 新무협 판타지 소설

초판 1쇄 찍은 날 § 2010년 7월 14일
초판 1쇄 펴낸 날 § 2010년 7월 20일

지은이 § 류연
펴낸이 § 서경석

편집팀장 § 서지현
편집책임 § 박우진
편집 § 이수민

펴낸곳 § 도서출판 청어람
등록번호 § 제1081-1-89호
등록일자 § 1999. 5. 31
어람번호 § 제2-1952호

주소 § 경기도 부천시 원미구 심곡2동 163-2 서경B/D 3F (우) 420-822
전화 § 032-656-4452 팩스 § 032-656-4453
http://www.chungeoram.com
E-mail § chungeoram@chungeoram.com

ⓒ 류연, 2010

ISBN 978-89-251-2230-4 04810
ISBN 978-89-251-2229-8 (세트)

目次

작가의 말

매 순간, 가슴을 뛰게 만드는 영상이 머릿속에서 펼쳐질 때.
이것을 어떻게 끄집어내 글로 옮길 것인가, 그리고 제가 맛
보았던 그 희노애락을 여러분들에게 어떻게 전할 것인가? 하
는 것이 저에겐 가장 큰 숙제입니다.
비로소 '이것이라면 독자들과 함께할 수 있다.'란 생각이
들어 검제(劍帝) 진소월(陣昭月)을 조심스레 내놓습니다.

준비되셨습니까?

이 책장을 넘기는 순간부터.
여러분은 마지막 책장을 넘길 때까지 빠져나갈 수 없습니
다.

서장(序章)

멸(滅).

　그것은 땅[地]을 피[血]로 물들이고 하늘[天]을 탄식으로 채운다.

　아무것도 남기지 아니하며 아무것도 낳지 못하는…….

　오직 파괴만을 위해 존재하는 마공(魔功)이다.

지금 내 손에 그 멸(滅)의 비급이 있다.

第一章

원망

스스스스—

야심한 시각.

새벽노을은 아직 산허리까지도 차지 않고, 차가운 공기가 가슴을 적시는 그러한 시간. 그곳은 호복의 중림산 끝자락에 위치한 곳.

진가(陣家).

"찾아라. 그리고 진가를 멸족시켜라. 행여 씨 하나라도 남겨 후일을 어렵게 만들어선 안 될 것이다."

"존명."

슥!

나직한 사내의 목소리에 수십의 무사는 은은한 달무리 위로 먹구름 드리우듯 자택 위로 몸을 날렸다.

"웨, 웬 것들이냐!?"

츠악!

한 치의 망설임도 없는 그들의 차가운 검은 그대로 문 앞을 지키는 이들의 목숨을 취했다.

이어, 곧바로 집 안에 들어선 무사들의 도륙이 시작됐다.

"으아악!"

"치, 침입자다!!"

"가주님께 어서!! 커헉!"

처절한 비명 소리는 곡조가 되어 하늘 위로 뻗어나간다.

화르륵! 쿠르르쿵―!

반 각의 시간도 지나지 않아 진가의 가옥들은 황금 갈대들이 넘실대듯 타오르는 시뻘건 불길에 휩싸였다.

검은 연기는 안개처럼 주변을 뒤덮었고 목조 기둥들은 땅 아래로 떨어져 내렸다.

끊이지 않는 비명 소리가 계속해서 터져 나왔지만 무심한 중림산은 그 소리를 품에 안은 채 외면해 버렸다.

*   *   *

"이 얼마나 비참하고 원통한 일인가? 이 얼마나 어리석은 인간의 탐욕이란 말인가? 비통하다. 한 문파의 수장으로서 나를 믿고 따라주던 이들과 내 사랑하는 이들을 지킬 힘이 없다는 것이……."

불타오르는 가옥들의 중심부.

그 안에는 두 눈 가득 물기를 머금은 채 애처롭다 못해 가슴이 저릴 정도의 슬픔으로 눈앞의 작은 소년을 바라보는 이가 있었다.

깡마르고 혈색이라고는 좀처럼 찾기 힘들어 보이는 얼굴과 나이가 지긋함을 알려주듯 듬성듬성 희끄무레한 머리칼의 중년 사내.

"미안하구나, 미안하구나……."

사내의 칼칼한 목소리는 소월(昭月)의 귓가에 가득 담겨져 왔다.

슥—

깡마른 사내는 소월의 머리를 부드럽게, 그리고 조심스럽게 어루만졌다. 소월은 자신의 머리를 쓰다듬어 주는 사내의 손길을 세상 무엇보다 따스하게 느꼈다.

그리고 세상 그 무엇보다 슬펐고, 세상 그 무엇보다 무서웠다.

"아버님……."

"소월아, 누이를 잘 부탁한다."

어째서일까? 어째서 이리 갑작스럽게 터진 일에 정신을 차릴 수 없었는데도, 마음속 깊은 곳에서 시작되는 복받친 슬픔은 앞으로의 일을 알겠다는 듯 느껴지는 것일까.

소월이라 불린 소년은 아버지의 얼굴을 마주할 자신이 없었다.

"괜찮을 거다."

말없이 소월을 바라보던 아버지는 이내 조용히 그를 끌어안았다.

"괜찮을 거다……."

그리곤 조심스레 소월을 돌려세우곤 그의 등을 쓸어내리듯 어루만졌다.

부우우―

소월의 몸 안으로 따스한 기운이 스며든다.

아비의 내력이 틀림없을 것이다.

그의 아비는 이어 소월의 품 안에 푸른빛의 책자를 집어넣곤 입을 뗐다.

"이것은 나의 아버지이자 너의 할아버지가 혈쟁(血爭)에서 목숨과 맞바꿔 가져오신 비급이다. 나머지 반쪽은 네 누이에게 맡겨두었다. 물론 이 비급은 그 가치를 가늠할 수 없는 귀중하고도 위험한 것이다. 그래서인지 모든 무림인들이 끊임없이 이것을 찾아 나서는구나."

"……."

"가문을 이어 이것을 지킬 힘을 가지게 되었다 생각하였는데, 그러기엔 이 아비가 턱없이 부족했나 보다. 아들아, 힘을 얻기 위해 이런 짓을 저지르는 이들이라면 분명 피를 부르는 자들일 것이다. 그러니 네가 이것을 꼭 가지고 있어야 한다."

콰득!! 우지직!

돌연, 굳게 닫혀 있는 나무문을 때려 부수는 소리가 방 안 가득 울렸다.

"여기다! 진가주는 분명 이곳에 있다! 문을 부숴라!"

그 소리에 소월은 놀라 안절부절못했다.

그들이 누군지 알지 못하나 문을 부수고 들어온다면 자신들은 분명 막지 못할 것이다.

아니, 오히려 자신이 짐이 되어 아비를 죽게 만들 것이다.

"벌써 헤어져야 할 시간이 왔구나. 옥좌 뒤의 문으로 몸을 피하거라. 네 누이가 기다리고 있을 거다. 중림산을 벗어나 혈수마제(血手魔帝)를 찾아가거라. 그분이라면 안심할 수 있다. 네가 태어났을 때 부탁한 물건도 있으니."

아비의 목소리는 조금씩 잦아들었고, 이내 소월은 그 따스한 품에서 벗어나야만 했다.

'아…….'

이제 자신을 바라보던 아비의 눈동자는 거의 다 부서져 가는 커다란 문을 향해 있었다. 조용히 검을 뽑아 든 아비는 부서지는 문을 향해 걸음을 내디뎠다.

"건강하거라, 사랑하는 나의 아들아. 너는 너의 소중한 것을 잃는 일이 없도록 강해지거라."

나직한 한마디에 소월은 이를 악물고 참아내던 슬픔을 더 이상 막지 못했다.

"흑, 흑흑… 아버님!"

슬픔은 눈물이 되어 소월의 뺨 위를 타고 떨어져 내렸다. 지금 붙잡지 않는다면 자신의 아비는 분명 죽을 것이라는 확신이 머릿속에 가득했다.

"가거라!"

머뭇거리는 소월을 알기라도 하는 듯 아비는 뒤도 돌아보지 않은 채 호통쳤다. 그럼에도 소월은 좀처럼 움직이지 못했다.

조금이라도, 잠시뿐이라도 아비의 품에서 떠났음에도 따스함이 계속 남아 있는 것처럼,

눈물로 뿌옇게 흐려진 시야 속에서라도 아비의 뒷모습을 바라보고 싶었다.

"……."

"……."

결국 침묵 끝에도 뒤돌아보지 않는 아비를 뒤로하고, 소월은 떨어지지 않는 무거운 발걸음을 돌려 의자 뒤에 가려져 있는 작은 계단을 통해 천장 위로 올라섰다.

콰앙!!

육중한 소리가 넓은 홀 안을 가득 메웠다.

소월이 천장에 올라서고 밀렸던 의자가 입구를 막아서기 무섭게 거대하고 굳게 잠겨 있던 문이 무너져 내린 것이다.

다다닥!

자욱한 먼지가 가라앉기도 전에 검은 복면을 한 수십 명의

이들이 뛰쳐나와 아비에게 검을 휘두르기 시작했다.

"하앗!"

캉! 캉! 캉! 캉!

어지러운 쇳덩이의 마찰음이 사방을 뒤덮었다.

고통 가득한 비명이 터져 나오고 붉은 핏물은 사방에 내렸다.

'아버지…….'

소월은 차마 떠나지 못하고 천장의 낡아 생긴 작은 틈으로 그 모든 것을 내려다보았다.

비릿한 피 내음이 숨어 있는 소월의 코끝을 마비시킬 정도의 시간이 흘렀다.

"허억, 허억, 허억……."

아비는 수많은 시체를 만들어놓고 거친 숨을 몰아쉬고 있었다.

그 앞엔 검을 마주한 또 한 명의 사내가 쉴 새 없이 입을 놀리고 있었다.

"그쪽은 꽤나 좋아하더군. 비급의 소식을 접한 것만으로도 이런 이들을 내 수하로 주었으니 말이야."

"……그러했기에 너에게… 맡기지 않으신 거다."

사내의 검은 은장의 얇은 날이 번쩍거려 한눈에도 독특한 모양임을 알게 해줬다.

카드득!

게다가 복면사내의 목에 걸린 커다란 자주색 보석 목걸이는 천장에서 내려다보는 소월이 아니고선 보이지 않을 것이다.

키킹!

두 사람은 검을 간간이 마주할 뿐 서로에 대한 적의를 강하게 드러내진 않았다.

싸움보다 대화에 치중하는 것으로 보아 아는 사이임을 짐작할 수 있었다.

"좋을 대로 생각하는군. 그래서 맡기지 않은 게 아니라, 맡기지 아니해서 내가 이리된 거다. 내가… 못한 게 하나 없음에도… 아버지는 너를 택했으니까."

"……그래서 도달한 것이 지금의 이것이더냐."

"그래, 이것이다. 그리고 이것으로……."

두 사람의 중얼거리는 대화는 멀리 떨어진 소월에겐 잘 들리지 않았다. 하나 대화의 중간 대목을 놓쳤다 한들 그것은 중요한 게 아니었다.

제 아비의 생사가 달린 일이다.

"행방을 모른다면 네 두 자식에게 물어보는 수밖에."

"아이들은 건들지 마!"

"그런 소망은 하늘에서나 빌어보시지!"

푹!

"크악!"

제 아비의 단말마가 터져 나오는 것을 들을 수 있었지만 소월은 귀를 막은 채 지켜보는 것밖에 할 수 있는 것이 없었다.

"흐윽, 흑⋯⋯."

소리가 새어나갈까 억지로 이를 문다.

눈시울이 점차 뜨거워진다.

'아버지!!'

뜨득—

늑골을 뚫고 나온 복면사내의 검이 정확히 제 아비의 가슴
팍에 꽂혀 있음을 소월은 똑똑히 보았다. 그리고 검을 거둔 사
내가 아비의 품을 뒤지는 것을 숨죽여 지켜보았다.

복면사내는 뭔가 찾는 것이 분명했다.

"⋯⋯."

그가 찾는 건 아비에게서 자신의 품으로 옮겨온 이 서적이
분명할 것이다.

"어디냐? 어디에 숨겼느냐?"

"⋯⋯하늘에서 알려주마. 불쌍한 녀석."

사내의 비웃음에 복면사내의 눈엔 살기가 드리워졌다. 그는
이어 거칠게 가슴팍에 박아놓은 검을 뽑아 들었다.

"크윽! 죽어도⋯ 그것이 네놈 손에 들어갈 일은⋯⋯."

"손속에 사정을 둘 여지를 남기지 않는구나. 진륜영!"

커다란 고함 소리와 함께 복면사내의 검이 휘둘렸다.

툭—

그리고 아비의 목은 힘없이 바닥으로 굴러 떨어졌다.

두 눈으로 보고 있음에도 믿을 수 없는 현실이 열네 살 소월
의 눈에 들어온 것이다.

'아, 아버지……! 아버지! 아버지! 아버지!!'

소리없는 절규는 굳어있던 소월의 눈동자 위로 눈물을 솟아올렸다.

목 없는 아비의 시체에서 꾸역꾸역 뱉어진 붉은 피는 복면사내의 양손을 붉게 물들였다.

"제기랄!!"

복면사내는 한참 동안 진륜영의 품을 신경질적으로 뒤졌음에도 찾는 물건이 나타나지 않자 또다시 쌍소리를 내뱉었다.

"어디냐? 어디에 숨긴 것이냐?!"

고개를 쳐든 그는 뱀의 눈을 가진 자였다.

탐욕에 찌들지 않고선 보일 수 없는 독사 같은 눈으로 방 안을 둘러보던 사내의 시선이 왜인지 천장에서 떠나지 못한 채 묘한 시간을 보내고 있었다.

"……."

"……."

두근두근.

이곳을 알아챈 것일까?

심장이 머릿속에서 뛰는 것처럼 느껴질 정도로 극심한 공포가 소월을 휘감았다.

질식할 것 같은 압박감과 두려움이 그를 옭아매기 시작했다.

또 한 번 이를 악물어 참았다.

숨조차 내뱉지 못했다.

'제발… 제발… 제발!'

"……쭛!"

다행히도 사내는 자신이 예민해져 있다고 생각한 모양이었
다.

그는 또다시 신경질적으로 욕지거리를 내뱉으며 동료들의
시체를 발로 걷어차곤 문밖으로 나섰다.

"……흐윽!"

사내가 사라지고 나서야 소월은 간신히 참았던 숨을 뱉었
다.

제 아비의 목이 바닥에 널브러져 있음에도 소월은 그곳으로
내려가지 못했다.

아비의 죽음을 목격했음에도 사내에 대한 두려움이 더욱 커
져서 떨리는 몸으로 길게 이어진 천장을 조심스럽게 계속 기
어 갈 수밖에 없었다.

덜컹!

방을 벗어나 늘 푸른 나무와 아름다운 향기의 꽃들이 가득
하던 정원을 지나간다.

천장을 가르던 좁은 길은 이제 바닥으로 내려섰다.

"꺄악!"

푸욱!

"이 천벌을 받을 놈들아!!"

카앙!! 카가강!

"한 놈이라도 더 내 길동무로 삼아주마!"

이미 꽃향기 대신 역겨운 피 냄새가 진동했고, 푸른 나무 기둥엔 오늘 아침까지만 해도 웃으며 인사를 건넨 식솔들의 시체가 쌓여 있었다.

'말도… 안 돼. 말도 안 돼!'

끼익— 끼익—

떨림을 멈추지 못하는 소월이었지만 그럼에도 그의 눈은 비명과 절규가 메아리치는 밖으로 이끌렸다.

참혹한 광경에 눈을 질끈 감지만 무시무시한 공포의 이면은 그를 다시 끔찍한 곳들을 바라보게 만들었다.

"도련님과 아가씨는?!"

익숙한 목소리가 들린다. 자신과 늘 함께하던 유모의 목소리다. 소월은 자신을 찾아 정신없이 헤매는 중년의 여성에게 손을 뻗었다.

"유모, 여, 여기!"

"도련님? 도련님, 그곳에 꼼짝……!"

이 두려움을 유모가 사라지게 해 줄 것이라 생각했다.

쉬이익!

쏜살같이 날아온 화살이 자신을 발견하고 달려오는 유모의 목을 꿰뚫었다.

"케흡!!"

그 모습에 지켜보던 소월은 저도 모르게 헛바람을 집어삼켰다. 목이 꿰뚫린 유모는 자신을 향해 필사적으로 뭔가 전하려는 듯 입을 뻥끗거렸다.

"도련님… 조용히… 어서… 소랑 아가씨에게… 전… 괜찮
으니……."

푸욱!

날아온 또 한 발의 화살이 유모의 머리를 꿰뚫어 버렸다. 소
월은 뻗었던 손을 급히 감췄다. 그리곤 기척이 느껴질까 두려
워 급히 양손으로 입을 틀어막았다.

"……."

곧이어 화살을 날린 것으로 추정되는 무사가 나타나 주변을
둘러보기 시작했다.

"……!!"

자칫 잘못하단 들킬 것이기에 소월은 최대한 조심스레 구석
으로 몸을 웅크려 숨겼다.

"아무도 없나……."

죽음이라는 공포가 바로 등 뒤까지 손을 뻗쳤다 거두어진
다. 살아남았다는 것에 안도를 느끼던 소월은 바닥에 핏물을
흘리는 유모의 시체를 보곤 손가락 아래로 눈물을 떨어뜨렸
다.

*   *   *

"헉! 헉헉……!"

얼마나 달려왔을까?

침이 고이고 숨이 찰 정도로 뛰었다고는 하지만, 이 어린 몸

으로 얼마나 갈 수 있는 것일까? 아니, 애초에 이런 다리로 얼마나 뛸 수 있을까.

뿌득—

누이의 등을 바라보는 소월의 이 사이가 강하게 닫혔다.

새어 나오는 작은 핏줄기에 비릿함이 느껴진다.

"흐흑!"

오늘만큼 자신의 몸뚱이가 저주스러운 적이 없었다.

떨리는 두 손 가득 꽉 쥐고 있는 그의 무릎은 흉하게 휘어져 있었다. 흐르는 눈물에도 원망스러움이 배일 정도, 그럴 정도로 소월은 자신이 미웠다.

살아야 했으니까, 아비의 말대로 살아야 했으니까.

첨벙첨벙.

"헉, 헉헉헉……."

"하아, 하아……."

작은 소월의 팔을 잡고 질질 끌 듯 걸어가는 그의 누이. 허리 위까지 차오른 물은 차갑다 못해 이젠 뼛속까지 시리게 하고 있었다.

한발 한발 내딛는 것이 이다지도 힘들었던가.

아프다. 너무나도 아프다.

자신의 팔을 잡고 있는 소녀의 손길이 아픈 것이 아니었다.

가슴이 너무나도 아파왔던 것이다.

누이인 소랑은 한 손에는 눈앞을 밝혀주는 작은 횃불을, 그리고 한 손에는 다리가 불편해 잘 걷지 못하는 소월을 끌고 걸어나가고 있었다.

그녀는 쉴 새 없이 중얼거리고 있었으며, 무엇인가 분노에 가득 찬 목소리를 내고 있었다.

"조금만 더 빨리… 힘내……. 힘내, 소월아……."

작은 소월을 이끌고 있는 소랑 역시 마음이 무척 급한 듯했다.

하나, 그녀 역시 몸을 마음먹은 대로 움직이지 못했다.

누이로서 책임져야 하는 몸이 불편한 동생.

갑작스러운 습격과 동생을 통해 전해들은 아버지의 죽음, 그리고 지금도 사라진 자신들을 쫓아오고 있을 의문의 살수들.

마지막으로 이 아픈 사실들을 받아들이기 충분한, 열아홉이라는 원망스런 나이.

"누이, 나는 신경 쓰지 말고 누이라도……."

"그럴 순 없어. 너는 우리 가문의 장남이니까. 내가 죽어도 너만은 지켜야 해."

"흑… 흐흑! 내 다리만… 내 다리만 멀쩡했더라면……."

횃불로 밝아진 수로 위로 비춰지는 소월의 훌쩍거리는 모습에 소랑은 아랫입술을 꽉 깨물었다.

"울지 마……."

"흑! 하지만, 하지만 아버님이… 유모가… 우리 사람들이……."

자신의 말에 소월이 더욱 서럽게 울기 시작하자 소랑 또한 더는 참지 못하고 고개 돌려 작게 어깨를 들썩였다.

소월에게 들은 제 아비의 최후는 너무나도 비참했으니까.

그렇게 또 얼마나 억지스러운 걸음을 떼었을까.

결국 수로를 빠져나와 한참을 헤매듯 걷던 두 오누이는 어두운 숲 입구에서 발걸음을 멈췄다.

사삭—

"누이… 지금?"

"쉿."

숲 속의 나뭇가지가 바람에 흔들린 것일까?

아니, 그리 생각하기엔 너무나 움직임이 일정하다. 조심스레 주변을 살피던 소랑은 갑작스레 소월의 손을 잡고 내달리기 시작했다.

"누, 누이!"

사사삭!

소랑의 느낌은 틀리지 않았다.

두 사람이 내달리자 조용하던 숲 속의 나뭇가지도 두 사람을 따라 움직이기 시작한 것이다.

추적자가 붙은 것이 분명했다.

'우리 집안 전부를 죽일 생각인가.'

소랑 혼자라면 되든 안 되든 경공을 써서라도 그들의 추격을 피해보려 했겠지만, 지금 자신의 옆엔 다리가 불편한 동생이 함께 있었다.

"소월, 조금만 더⋯⋯."

"헉, 헉! 다리가⋯⋯."

애처롭다.

필사적으로 움직이고 숨을 몰아치는 동생의 모습이.

눈물까지 흩뿌리며 내달리는 동생의 노력을 겨우 저런 뒤뚱거리는 흉한 꼴로 내보여야 한다는 현실이 말이다.

다다닥!

"이런!!"

"헉헉! 누이⋯ 왜 그래?"

정신없이 내달린 끝에 소랑과 소월이 멈춰 선 곳은 하필이면 깎여진 절벽과 그 맞은편으로 길게 뻗어 내린 폭포가 자리한 곳이었다.

콰과과과!!

어두운 밤이었기에 감히 절벽의 높이를 가늠조차 하지 못했다.

벗어나는 것에만 신경을 썼더니 추적해 오는 자의 의도에 따라 이곳으로 몰린 것이다.

게다가 이곳으로 몰아세운 자가 어째서 자신들을 바로 죽이지 않는 것인지 소랑은 알고 있었다.

"네놈의 속셈은 다 알고 있다!"

분명 자신들이 가졌을 비급의 행방을 알기 전까진 함부로 목숨을 취하지 않을 것이다.

"······."

이런 외딴곳으로 몰아세웠다는 것은 자신들의 위치나 장소가 집안을 습격한 자들에게 알려지지 않길 바라는 자의 소행일 것이라 소랑은 생각했다.

하지만 대체 누가, 어떤 이유로 아비가 자신에게 맡긴 이 비급의 행방을 알아냈고, 이런 무자비한 짓을 저질렀단 말인가. 그리고 어째서 이런 비급을 제 아비는 지니고 있었던 것인가.

아무리 생각해도 답은 나오지 않는다. 모두 죽고 자신과 동생만이 남았다고 생각해야 할 것이다.

우선 살아나는 것이 가장 중요했다.

"어째서 이런 잔악한 짓을! 인간의 탈을 쓴 짐승보다 못한 것들일지어다!"

소랑의 날 선 목소리에 숲이 작게 흔들리는 듯했다.

"소월아, 소랑아, 나다."

커다란 폭포수 소리가 귓가에 가득할 것인데도 두 사람은 숲을 빠져나와 달빛 아래로 그 모습을 드러내는 사내의 목소리에 혼을 빼앗겼다.

"······?!"

"······!!"

자신들의 이름까지 또박또박 부르는 사내의 모습에 두 사람은 놀라 하는 표정을 감추지 못했다. 수년간 연락되지 않던 그가 이런 식으로 나타날 줄이야······.

"수, 숙부?"

"어떻게 이곳에……?"

자신들과 얼굴을 마주하지 않은 것만 해도 오 년이 넘은 사람이다.

그런 자가 어찌 이곳에 갑작스레 나타난 것인가?

"왜 그러느냐? 역시… 집안에 뭔 일이 생긴 것이더냐?"

"숙부야말로… 어찌 이곳에 계신지요?"

조심스레 다가오던 숙부의 걸음은 그녀의 물음에 막혔다.

소랑은 소월을 자신의 뒤로 물러서게 했다. 그녀의 눈초리는 한껏 의심을 담고 자신들에게 다가서는 숙부를 향해 있었다.

"내, 삼 일 전 형님의 부름을 받고 이곳으로 오는 중이었다."

"아무런 이도 대동하지 않고 혼자 오셨단 말입니까?"

먼 길을 이동했다면 여러 하인이 그와 함께했을 것이다.

하지만 그의 주변엔 그 누구도 없었다.

소랑의 물음에 그는 잠시 침묵을 지켰으나, 이내 어색한 웃음을 흘리곤 말을 이었다.

"……물론 하인들은 내 뒤를 쫓아오고 있다. 나는 불길을 발견하고 먼저 이곳으로 뛰어온 것이고 말이다."

그러나 저 차림.

먼 길을 가야 하는 이가 입을 수 있는 그런 차림이 아니었다. 뿐만 아니다. 어찌 불길을 발견한 자가 집 안이 아닌 이리

동떨어진 곳으로 향했단 말인가.

"……."

소랑의 눈빛은 더욱 의심을 품었다. 비열한 웃음을 얼굴에 그리는 중년 사내는 소월과 소랑의 숙부(叔父)인 진환륜이었다.

그가 알고 있는 숙부는 자신들의 안위를 이리 걱정할 만한 위인이 아니었다.

'확인해야 해.'

그녀는 자신의 소매를 잡고 오들오들 떨고 있는 동생의 손을 마주 잡았다. 그리곤 제발 자신의 불안함이 틀리길, 아니길 빌며 작게 말했다.

"숙부… 아버님이… 아버님이!!"

소랑은 살짝 말꼬리를 흘렸다.

말을 이어보려 했지만 제 아비가 죽었다는 이야기를 꺼내면 이 모든 것이 현실로 다가올 것이 두려웠다.

자리에 주저앉아 버릴 것만 같았다.

말을 잇지 못하는 소랑을 바라보던 진환륜이 침통한 말투로 소랑을 거들었다.

"그래, 형님이 그리 허무하게 돌아가시다니……."

"……?'

순간 진환륜의 한마디에 소랑은 물론 소월까지 정신이 번쩍 들었다.

제발 틀리기를 바랐던 그녀의 직감이 맞아떨어진 것이다.

형님이 그리 허무하게 돌아가셨다고?

소랑의 눈초리가 매섭게 변했다. 그리곤 다가오는 진환류에게서 점점 뒷걸음질 치기 시작했다.

"아버님이 돌아가신 줄 어찌 알았습니까?"

"그야… 불길도 그리하고… 너희만 따로 나와 있는 것도 그리하니."

진환류 또한 생각없이 말을 내뱉은 것에 아차 하는 표정이었다. 가장 그럴싸한 변명을 늘어놔 보았지만 소랑 계집은 자신을 더욱 의심하는 듯했다.

'제길, 마음이 너무 급했군. 어린놈들이 이리 약삭빠를 줄이야.'

급히 화제를 돌리려 진환류은 말을 이었다.

"여기서 이럴 시간이 없다. 정말 형님이 돌아가셨다면 그들이 다음에 노리는 것은 바로 너희들일 거다. 나와 함께 도망치자."

"다가오지 마십시오!"

손을 내밀며 다가오는 그에게 소리친 소랑은 허리춤의 검을 뽑아 들어 겨누었다.

더 이상 다가오면 베겠다는 소리였다.

"당돌한 것도 도가 지나치면 괘씸해지는 것이다."

"……?"

그때, 진환류이 걸고 있는 작은 목걸이가 반짝였다.

그리고 소월은 자리에 못 박힌 듯 굳어 움직이지 못했다.

거짓말…….

저 목걸이를 어찌 잊을 것인가.

그것은 소월이 지붕 위에서 보았던, 아비를 죽인 자가 걸고 있는 목걸이였다.

"그 목걸이……."

"이것 말이냐?"

살짝 당황한듯 진환륜은 삐져나온 목걸이를 갈무리하려 했으나 소월의 말이 더 빨랐다.

"이, 이이! 아버님을 죽인!! 살인자!!"

"……!!"

소월의 절규에 진환륜의 얼굴에선 갑자기 웃음기가 사라졌다.

"크크… 뭔가 이상하다 했더니… 그래, 역시 방 안에 숨어 있었던 것이냐."

그는 소월의 말을 부정하지 않았다. 대신 걱정을 담고 있어 보이던 목소리를 금세 날 선 카랑카랑한 목소리로 바꾸었다. 두 눈이 길게 찢어져 있는 것이 가슴에 꽤나 큰 탐욕을 품고 있어 보이는 남자.

자신들에겐 어쩌면 너무나도 익숙할 저 특이한 웃음.

진환륜 그가 본색을 드러냈다.

"한참을 헤맸다. 그런 뒤쪽 길이 있을 줄이야. 네 아비가 죽어 시체가 되어서도 입구를 막고 있는 바람에 찾는 데 꽤나 애먹었다. 그래, 이곳을 나가면 어디로 갈 생각이었느냐, 소월,

소랑아?"

"······아."

"어찌··· 어찌!!"

차라리 그가 자신들을 도와주러 온 구원의 손길이기를 간절히 원했다. 하나, 소랑의 울분에 소월은 이것이 꿈이 아닌 현실임을 알게 되었다.

"당신이··· 당신이! 어찌 이럴 수 있단 말입니까!!"

"고지식한 네 아비를 밟고 올라서 힘을 얻고자 했을 뿐이다."

"숙부!!"

"그래, 이렇게 된 것, 서로 힘겨루기는 하지 말았으면 한다. 네 아비가 너희들에게 맡긴 물건은 어디 있지? 잔꾀 부릴 생각은 하지 마라. 무슨 짓을 하더라도 그것을 얻을 것이니라."

분노한 눈으로 진환륜을 바라보던 소랑은 등 뒤에서 오들오들 떨고 있는 소월에게 다급히 속삭였다.

"소월아, 내가 저자에게 뛰어들면 무조건 앞으로 내달려 도망쳐."

"그럴 순 없어. 차라리······."

누군가 미끼가 돼야 한다면 자신보단 확실히 도망칠 수 있는 능력을 가진 그녀 쪽이 나았다.

누구라도 그리 생각할 것이다. 그리고 소월 또한 그리 생각했다. 하지만 누이는 달랐나 보다.

소랑은 앞으로 나서려는 소월을 등 위로 뻗은 손으로 밀쳐

냈다.

"너는 하나뿐인 나의 동생이야."

"누이……."

그녀의 눈가가 촉촉이 젖어 있다.

그녀 또한 소월이 생각한 것을 어찌 모르겠는가.

'내가 지켜야 해, 나의 불쌍한 동생. 하나뿐인 이 아이를……'

"호오, 자신이 미끼가 되어 동생을 살려보겠다는 것이냐?"

진환륜의 비아냥거림에 소랑은 이를 갈았다.

비급이라는 허황된 힘 때문에 혈육까지 베어 넘기는 남자. 그리고 자신의 어린 조카들에게마저 칼을 겨누는 짐승 진환륜.

자신을 매섭게 노려보는 소랑에게 진환륜은 손가락 세 개를 펴 보였다.

"세 합, 세 합을 받아낸다면 내 너희 오누이를 풀어주마."

분명한 거짓이었다.

그의 눈동자가 그것을 말해주고 있다.

어찌 들으면 솔깃할지도 모를 제안이지만 그것은 사실 말도 안 되는 조건이었다.

진가가 혈쟁 후 다시 재건된 지 얼마 되지 않은 가문이라 하지만, 그 뿌리는 분명 제갈세가(諸葛世家)에 두고 있었다.

제갈세가라 한다면 비록 지금은 그 모습을 많이 잃었으나, 구대문파와 같이 무림을 좌지우지하던 세력 중 하나가 아니었던가.

아무리 지금은 그 이름만이 전해 내려온다 하지만 어중이떠
중이 같은 무림인과는 그 태생부터가 질적으로 다른 것이다.

그런 진가의 차남이 날리는 세 합을 이제 갓 성인의 대열에
들어서는 열아홉 소녀에게 받아내라니……

'세 합을 버텨낸다는 건 무리야. 하다못해 동생만이라
도……'

말없는 소랑을 내리 깔아보던 진환륜은 입가에 비열한 미소
를 그리고 다시 한 번 선심 쓰는 양 입을 놀렸다.

"뭐, 다른 방법이 있긴 하지. 네 아비가 맡긴 비급을 지금이
라도 내어준다면 너희 두 사람의 목숨은 보장하겠다. 어디 숨
겼느냐?"

"그런 거짓에 속을 만큼 우리가 어려 보이나요? 세 합!! 받아
내 주겠어요! 그리고 당신도 쓰러뜨릴 겁니다, 숙부!"

"하― 그래? 그럼 어디 받아보거라!!"

쉐악!!

말을 끝내자마자 진환륜의 검이 쏜살같이 뽑아져 나왔다.

그의 검은 살아 있는 뱀처럼 휘어지더니 곧바로 소랑의 정
수리를 노리고 날아들었다.

키깅!

"악!!"

다분히 의도적인 공격이었다. 뻔히 정수리를 노리고 날아드
는 검을 소랑이 막아내지 못할 리 없었다.

뜨드득—

그것은 곧 막아낸 소랑을 힘으로 내리누르겠다는 진환륜의 간계였다.

"소월아! 어서!"

"아… 아!!"

소월은 누이가 진환륜과 검을 맞대는 것을 바라보다 이내 질끈 눈을 감고 내달리기 시작했다.

차앙!

동생이 내달리는 것을 본 소랑 또한 사력을 다해 검을 걷어 내곤 진환륜에게 뛰어들었다.

"호오, 제법 휘두르지를 않느냐."

별거 아닐 것이라 생각했던 소랑의 무공은 제 아비의 수준을 넘나들었다.

'내가 지켜야 한다. 나의 사랑하는 동생.'

그녀는 소녀의 몸임에도 강해질 수밖에 없었다.

비록 실력은 있었으나 제 아비는 힘을 중점으로 한 무공에 별 다른 뜻이 없어 어느 선에서 그 증진을 멈추었고, 동생은 무를 배울 기회조차 없었다. 가문의 두 사내가 그러하다 보니 여자의 몸으로라도 굳세어질 수밖에 없던 것이다.

게다가 자신들은 어미 또한 없지 아니한가.

자신은 소월에게 있어 누이이자 어미여야 했다.

"죽어!!"

"건방진 것! 어디서 몇 번 휘둘러 본 솜씨로 감히!"

카앙!

진환륜이 노성을 지르며 소랑의 검을 맞받아치자 그녀의 검은 힘없이 반으로 부러져 내렸다.

털썩!

"소월아!"

게다가 소랑의 그런 노력에도 소월은 지금까지 걸어온 길만으로도 힘에 벅찼는지 얼마 내달리지 못하고 다리에 힘이 풀려 털썩 주저앉고 말았다.

"소월아!"

놀란 소랑은 부러진 검을 버리고 황급히 소월에게 뛰어갔다.

"누이, 다리가 움직이지 않아. 그러니 누이만이라도… 제발."

다리가 불편한 자신의 동생.

무가(武家)의 장남으로 태어났음에도 평범한 무공 하나 익히지 못한 가여운 동생.

검까지 내동댕이치며 소월에게 뛰어가는 소랑의 모습에 진환륜의 이맛살이 꿈틀거린다.

"다리를 저는 네놈의 꼴이 얼마나 추한지 알고 있느냐? 무가의 자식으로서 최악의 몸뚱이, 그것도 제 어미를 죽이며 태어난 저주받은 네놈이 진가의 맥을 이을 장남이라니! 넌 진즉에 죽었어야 할 운명이다!"

"너 같은 쓰레기가! 내 동생을 모욕하지 마!!"

소랑의 분노 서린 목소리가 터져 나왔다.

그녀는 곧바로 내던진 검을 주워 들고 진환륜에게 휘둘렀다.

"킥! 입은 살았구나!"

카앙!!

"꺅!"

하나, 그녀의 실력으로 진환륜을 어찌하겠다는 것은 어림반 푼어치도 없는 일.

"이젠 어릴 때와 달리 비명 소리가 마치 교성 같구나!"

입술을 적시며 저질스런 농을 내뱉은 진환륜은 곧바로 강하게 검을 내뻗었다.

"화천만개(花千滿開)!"

어찌 저 더러운 입으로 이리 아름다운 초식을 내뱉을 수 있단 말인가.

쉬리릭!!

진환륜이 내뻗은 검끝이 단숨에 수십 개로 갈라지더니 소랑의 눈앞을 어지럽힌다.

그야말로 수십의 허초이자 살초가 그녀를 일순간 덮친 것이다.

퍼버벅!

진환륜의 검은 소랑의 어깻죽지를 뚫고 나왔다.

하나 소랑은 한 발자국도 물러서지 않을 기세로 그의 검을 몸으로 막아냈다.

"지독한 것."

그 역시 비급의 행방을 알기 전까지 그녀의 목숨을 함부로 취하진 않을 생각이었다.

'쥐새끼 같은 것들이 짜증나게 하는군.'

그녀가 비급을 몸에 지니고 있다면 죽여버린 뒤 회수하면 그만이겠지만 그렇지 않을 경우엔 상당히 골치 아픈 일이 될 것이다.

간신히 욕지거리를 삼켜낸 진환류은 다시 입을 열었다.

"세 합 중 마지막을 받아내지 못했다. 그러니 나는 너희를 놓아주지 못하겠구나!"

차앙!

말을 마치자마자 오누이에게 달려든 진환류이 검을 휘둘렀다.

그야말로 쾌속!

미처 반응하지 못할 빠르기로 진환류의 검은 소랑의 검을 쳐버렸다.

쯔즉!

검을 잡고 있던 소랑의 손아귀가 찢어져 핏물이 흘렀다.

"당신은 처음부터 그럴 생각도 없지 않았는가!"

소랑의 절규에 가까운 외침에 진환류은 다시 한 번 이맛살을 찌푸리더니 그녀의 가슴을 냅다 걷어차 버렸다.

뻑!

"크흑!"

어중간한 발차기가 아니었다.

진환륜의 발차기에 맞은 소랑은 실 풀린 인형처럼 공중에 붕 떠서는 흙먼지를 일으키며 구석에 처박혀 버렸다.

스윽—

"아아아……."

곧이어 진환륜은 두려움에 가득 찬 눈으로 자신을 올려다보는 소월에게 다가가 그의 다리에 주저없이 검을 찔러 넣었다.

푹!

"아아악!!"

불쏘시개로 다리를 찌르는 고통이 소월을 감쌌다.

표정없는 진환륜이 검을 뽑아내자 꾸역꾸역 붉은 피가 다리에서 새어 나와 땅을 적셨다.

"네 다리는 원래 필요없는 것 아니더냐. 내 잘라주마."

무심한 진환륜의 한마디.

그의 동공은 이미 미친 사람의 그것처럼 광기를 머금고 있었다. 그 모습은 소월에게 있어 바닥에 오줌을 지릴 정도의 공포였다.

"동생에게서 떨어져!!"

비틀거리는 몸을 간신히 추스른 소랑이 소월의 다리를 재차 찌르려는 진환륜에게 검을 휘둘렀다.

쉬익!

검을 피하기 위해 몸을 뒤로 물렸지만 진환륜의 표정은 더욱 사악하게 변해 있었다.

"하! 애처롭구나. 나의 자식은 지금도 세상모르고 달콤한 잠에 빠져 있을 것인데, 너희는 이렇게 목숨의 낭떠러지에서 발버둥치고 있으니, 세상은 참 불공평하지 않은가."

동생을 지키려 부러진 검을 들고 필사적으로 몸을 일으킨 소랑.

누이의 뒷모습에 소월은 목이 메는 것을 느꼈다. 그녀의 어깨를 적신 붉은 피 내음이 소월의 코를 마비시킨다.

"누이… 누이… 누이……."

"소월아… 그분에게, 어서……."

스스스—

하늘의 달무리가 서서히 어두운 구름에 가려지기 시작했다.

"아비가 강하지 못하고 무능력한 죄, 그것을 그 자식들이 물려받은 것이다. 비급의 가치도 모르는 무능력한 인간, 사람을 부릴 줄 모르고 늘 이해시키려 하던 무능한 나의 형님. 그래, 네 아비의 최후를 바라보는 기분이 어떠하더냐? 무력하지 않더냐? 내가 죽이고 싶을 정도로 밉겠지. 하지만 어찌하겠느냐. 오늘 넌 날 죽이지 못하고 되레 죽임당할 것이 아니더냐. 크크크."

진환류의 비꼬는 목소리가 어스름한 밤의 숲에 가득하다.

자신을 지켜주는 누이의 다리는 오들오들 떨리고 있었다.

'누이…….'

한계다.

그녀 또한 한계를 간신히 유지하며 자신을 보호하는 것이다.

자신은 아무것도 아니다.

아비를 잃은 것과 가문이 몰락한 것은 자신과 똑같지 않은가.

하나, 그럼에도 기대고 힘들어하는 자신과 누이는 달랐다.

아비가 마지막으로 자신에게 말하지 않았던가.

누이를 부탁한다고.

'나는… 지금… 무엇을 하고 있는가.'

뿌득!

소월의 잇새가 부숴질 듯 강하게 갈렸다.

아비가 죽고, 식솔들이 죽었으며, 집이 불타오르고, 하나뿐인 누이는 자신을 위해 목숨을 버리려 하고 있다.

'나는 지금 이곳에서 무얼 하고 있는가!!'

그런데 정작 자신은 엎드려 울며 두려움에 떠는 것밖에 하지 못하고 있지 않은가!!

'진소월! 정신 차려!'

칼에 찔린 다리는 이미 감각을 잃었다.

점점 차가워지는 몸을 어떻게든 움직여야 했다. 자신이 일어서 누이를 지키겠다는 것이 아니다.

그런 말도 안 되는 허황된 기적을 바라진 않았다.

스윽— 스윽—

소월은 조금씩 폭포가 흐르는 낭떠러지를 향해 기어가기 시작했다.

뿌득—

땅을 움켜쥐던 소월의 손톱이 부러져 나갔다.

얇은 팔뚝을 감싼 비단천은 피로 얼룩졌다.

상처 안으로 모래가 박혀들었다. 무엇보다, 붉게 충혈된 눈에서 흐르는 눈물들이 입 안 가득 내리었다.

"이 일가는 어째 죄다 저 모양인지, 쯧."

"멈춰!! 내 동생에겐 손 하나 댈 수 없……."

캉!!

소랑은 소월에게 다가서는 진환륜을 막아섰지만, 그의 가벼운 공격도 버티지 못하고 그만 검을 놓치고 말았다.

그녀 역시 한계인 것이다.

몸도 마음도…….

"안 돼!!"

'누이…….'

누이가 쓰러졌음에도 소월은 뒤돌아보지 않고 기어가는 것을 멈추지 않았다.

어느새 소월의 바로 뒤까지 쫓아간 진환륜은 그를 내려다보며 짧은 탄식을 내뱉었다.

"쯧! 어찌하겠느냐, 이것이 너희들의 운명인 것을."

탄을 내뱉는 그의 입꼬리는 천박하게 올라가 있었다.

진환륜이 자신을 향해 칼을 들었음에도 소월은 돌아보지 않고 계속해서 기어나가 어느덧 그 길목의 끝에 다다랐다. 더 이상의 길은 없다. 그 아래는 오직 늑대의 아가리처럼 온통 새까맣고 죽음의 냄새가 짙은 낭떠러지뿐이었다.

"운명 따위……."

잊지 않으리라. 내 손으로 꼭 너를 심판하기 위해 돌아오겠노라.

소월은 마지막으로 가슴속 응어리진 한마디를 내뱉었다.

"운명 따위! 개나 줘버려!!"

장난치듯 소월을 따라온 진환륜 또한 검을 내려치며 소리질렀다.

"이게 네 운명이다!!"

그리고 또 한 사람, 소랑의 낭랑한 목소리가 터져 올랐다.

"비급은 여기에 있다!"

"……?"

소월의 정수리로 내리꽂히던 진환륜의 검이 급작스레 멈췄다. 이것은 결코 소월을 살려주기 위해서가 아니다.

"그래? 그거더냐?!"

진환륜이 소랑이 들고 있는 비급에서 눈을 떼지 못해 움직임을 멈춘 것뿐이다.

쉬악!

칼끝은 소월의 이마를 살짝 내리찍었고, 흘러내리는 피는 그의 입술을 적셨다.

탁!

찰나의 순간,

"으아아아!!'

소월은 사력을 다해 낭떠러지 그 깊은 어둠 속으로 몸을 날렸다. 늑대의 아가리 속으로 자신의 몸을 던졌다.

죽기 위해 들이민 것이 아니다.

살기 위해, 살아남기 위해서다.

"이놈이!!'

아차 싶은 진환륜은 급히 손을 뻗었지만 이미 어둠으로 추락하기 시작하는 소월을 붙잡기엔 너무 늦어버렸다.

쉬이이익!! 뜨드득! 스칵!

날카로운 바람이 상처를 찢어버릴 듯 파고들자 소월은 고통에 몸부림쳤다.

"으으으… 으아, 아아아!!'

잊지 않으리라, 이날의 비참함을.

잊지 않으리라! 누이를 두고 혼자 도망치는 이 고통을, 이 슬픔을, 분노를, 증오를!!

쏴아아—

그리고 그가 폭포의 끝 무리에 빠져들기 전, 검은 구름에 가려져 있던 달무리는 구름을 몰아내고 다시 한 번 밝게 빛났다.

"……독한 놈."

진환륜은 소월이 떨어져 내린 낭떠러지를 내려다보았지만 보이는 것은 칠흑 같은 어둠뿐이었다. 알지 못할 시퍼런 한기에 되레 그는 한 발자국 물러서야 했다.

이래선 생사의 확인은 불가능했다.

물론 살 수 있다는 가능성도 배제할 수 없었으나 이제 그것은 더 이상 중요한 것이 아니다.

"어차피 비급을 손에 넣은 이상 쓸모없는 목숨."

휘익!

그는 한달음에 달려와 소랑이 들고 있는 검붉은 책자를 낚아챘다. 중요한 목적은 이것이었으니까.

탁!

드디어, 드디어!

오랜 시간 묻혀 있던 절세의 비급이 자신의 손에 들어왔다. 조금 얇은 감이 있고 상당히 너덜거리는 것 같았으나, 오랜 시간 묻혀 있었는데 새것같이 멀쩡한 상태라면 오히려 이상할 것이다.

"이것이……."

기쁨과 희열이 교차하며 반색을 한 그는 급히 받아 든 책자를 열었다.

"……."

하나, 반색하며 비급을 펼쳐 든 진환륜의 기쁨은 그리 오래가지 못했다.

촤악, 촤악…….

책자를 잡아 든 손 떨림은 점점 격해졌고, 책장을 넘기는 속도 역시 점점 거칠고 빨라졌다.

촤악! 촤악! 촤악!

"이럴 리가… 이럴 리가 없는데…… 이건……."

툭—

이내 모든 장을 훑어본 진환륜의 손에서 비급이라 불리던 책자가 떨어졌다. 그런 진환륜을 힘없이 올려보던 소랑은 입가에 희미한 미소를 그렸다.

"후, 후후……. 비급의 내용이 어떻답니까?"

입가에 계속해서 작은 핏물을 흘리면서도 한껏 비꼼을 담은 소랑의 말투와 웃음에 진환륜은 거칠게 그녀의 멱살을 잡아올렸다.

"어디서!! 이… 이이!! 이런 개수작을!! 왜 백지인 것이냐! 무슨 짓을 한 것이냐! 게다가 이걸 반으로 쪼개?! 어디 있느냐? 어디에 숨겼냔 말이다!!"

"안타깝군요. 하나 어찌하겠습니까. 그것이 숙부 당신의 운명인 것을."

계속되는 소랑의 비웃음에 진환륜의 얼굴은 시뻘겋게 달아올랐다.

만약 비급을 반으로 나눴다면 분명 누이와 동생이 각각 나눠 가졌을 것이다.

그렇다는 것은?

'소월?'

털썩!

소랑을 바닥에 내던진 진환륜은 급히 소월이 떨어진 낭떠러지를 향해 내달렸지만 이미 한참 늦었다.

주변을 샅샅이 훑어봐도 보이는 것은 그가 몸을 내던지며 남긴 혈흔뿐.

"이 요망한 것들이!!"

짜악!

씩씩거리며 돌아온 진환륜은 있는 힘껏 소랑의 뺨을 날렸다.

"무공을 폐하겠다!! 그리고 저놈이 제 발로 네년을 찾아오도록 만들어주마!!"

          *   *   *

"태양을 마주하는 자, 그 등 뒤로 그림자를 떨칠 것이다."

사나이들이 뜻을 품고 칼 한 자루에 생과 사를 넣고 들어서는 강호(江湖)를 부르는 말이다.

강호는 넓고 거대하다.

그리고 그 거대한 강호의 중심에 과거 구대문파(九代門派)를 비롯한 이들의 전폭적인 지지를 받아 탄생한 무림맹(武林盟)이 있었다.

진소월이 태어난 해는, 강호의 주인을 두고 일어난 사파와 정파 간의 대립, 그리고 변방의 지역들을 통합한 마교단의 지독한 이 년간의 혈쟁이 끝나고도 이십여 년의 세월이 더 흘렀을 때다.

이 년의 혈쟁은 그 누구에게도 승리를 안겨주지 않은 채 막을 내렸다. 강호가 붉은 핏물에 물들어 그 몸을 정화하기 위해 이십여 년이란 세월을 보냈음에, 구대문파와 오대세가가 만들어낸 무림맹이 지녔던 커다란 영향력은 점점 쇠퇴의 길로 접어들었음은 당연지사.

결국, 혈쟁에 모든 힘을 쏟아부은 무림맹이나 구대문파를 떠나는 이들이 생겨났다. 개중엔 혈쟁 속에 사라졌던 기보나 무공 비급을 지닌 채 떠난 이들도 있었고, 어딘가 숨겨졌거나 주인을 잃은 채 묻혀 있을 여러 비급을 찾아다니는 이들도 있었다.

많은 이들이 그 풍란의 시대에 자신만의 문파를 세워 하나의 길을 열고자 했다.

오대세가는 혈쟁의 긴 시간 동안 쇠퇴하여 그에서 떨어져 나온 이들이 자신의 가문을 세우기에 이르렀다. 그중 제갈세가에서 가장 막강한 영향력을 가지고 있던 소월의 조부(祖父)인 제갈성(諸葛星)의 돌연한 잠적은 무림인들의 탄식을 내었다.

그는 어떤 연유에서인지 제갈세가에서 제 발로 나와 혈쟁으로 인해 더 이상 가문을 지탱할 수 없던 진가를 흡수해 손에 쥐었다.

이 일은 제갈세가 본가에서 큰 파도를 일으켰다.

그의 의중을 기다려 보자는 온건파와 강력히 단절해야 한다는 강경파의 세력이 맞부딪쳤다. 공통적인 것은 단 하나, 그가 혈쟁 당시 제갈세가에서 보였던 활약상과 명성을 고려해 반대의 목소리를 줄이고 있다는 것뿐이었다.

어째서 제갈성이 혼잡했던 그 시기에 일을 이리 어렵게 만들었는지는 아직까지도 모를 일이었다. 그것을 아는 건 그 본인과 절친한 벗으로 알려진 무림맹의 맹주 주천련, 그리고 무림에서는 입에 담아선 안 될 이름을 가진 사내뿐이었고, 주천련은 그것에 대해선 일절 함구했다. 결국 시간이 지남에 따라 사람들의 관심은 점점 멀어져 갔다.

그리고 소월이 태어난 뒤로부터 십사 년이라는 시간이 지났다.

과거 수백에 달했던 작은 문파들은 통합과 혼란의 시기를 겪으며 구대문파나 신종 문파들에게 흡수당했으며, 실종되었다는 비급들도 하나둘 가끔 모습을 드러내 원 주인에게 돌아가거나 새 주인을 만나고 있었다.

소월이 태어난 집안 또한 엄연히 따지자면 세가의 이름을 쓰지 못하지만 제갈세가라는 뿌리에서 태어난 것이 맞았다. 그 제갈세가가 속해 있던 오대세가는 현재 모두 무림맹의 한 일원이 되어 있는 상태로 그 옛 영광을 되찾아가고 있었다.

소월이 열네 살이 될 때까지 제 아비에게 가르침을 받은 무공은 단 세 가지뿐이었다.

하나는 자신의 근육과 밀접한 힘줄을 가리키는 십이 경맥

중 십이 경근(頸筋)을 미약하게나마 조절할 수 있는 경맥(硬脈) 조작술.

둘째는 몸과 마음을 하늘과 연결시키기 위한 연정화기(煉精化氣)의 극에 달하기 위한 수행 중 하나인 무호흡(無呼吸).

마지막으로 짧은 무호흡의 상태에서 극상의 집중력을 펼칠 수 있는 집동체(集同體).

소월이 배운 무공 중, 그 어디에도 무술이라 부를 만한 것은 없었다.

하늘을 새처럼 날아다닌다는 경공도, 사람을 날려 버린다는 장력(掌力)과 눈 깜짝할 사이에 열 번을 휘두른다는 검술(劍術)도.

그 어느 것도 배우지 못한 채 소월의 나이는 어느덧 열네 살을 꽉 채우고 있었다.

그와 또래인 여러 이들을 본다면 그는 분명 남들이 배우지 못한 특이하고 신기한 무공을 체득하고 있었지만, 그것들은 반대로 실용성이나 무인들이 추구하는 강함에 있어서는 두말할 것 없이 쓸모없는 것들이었다.

이유인즉,

진소월은 두 다리를 남들처럼 사용하지 못했기 때문이다.

그것은 그가 제 어미를 죽이며 태어났을 때 가지고 나온 병이라 했다.

덕분에 그의 다리는 안쪽으로 모아져 걸을 때마다 뒤뚱거리는 모양새를 보여야 했고, 금세 풀려 버리는 보잘것없는 힘을 지니고 있었다.

그러하기에 무공의 기초가 되는 보법을 배운다는 것은 가히 꿈도 꾸지 못할 것이 되었다.

"자신과 같은 이가 있을 때, 그 꿈을 이루지 못하는 이들을 구하고 싶습니다. 그러기 위한 저의 삶입니다. 어머니를 죽이고 태어난 저를 늘 사랑해 주시는 누이와 아버님, 그리고 이곳의 사람들을 위해서라도 저는 미소를 지우지 않겠습니다."

애초에 그의 꿈 또한 무공을 익혀 천하제일인이 되는 것이 아니었다. 그는 무보다 문을 더욱 가까이했고, 그에게 있어 지식의 습득은 참으로 즐거운 것이었다.

그러기 위한 무공이었고 그러기 위한 배움이었다.

게다가 그는 한 번 본 것은 대부분 기억하는 놀라운 능력을 지녔다.

거기에 집동체를 시전할 때면 그의 집중력과 사물을 보는 날카로움은 가히 혀를 내두를 정도이기도 했다.

그럼 이유로 진소월은 집안의 얼마 되지 않는 무공전서는 물론, 병법에 관한 문서까지 닥치는 대로 읽었다.

그는 그것밖에 할 수가 없었기에.

다른 이들이 검을 휘두를 때 그는 붓을 들었고, 그들이 몸을 날릴 때 그는 구결을 외웠다. 다른 또래 이들이 아프면 울고 싫으면 투정을 부릴 때 그는 참는 법을 배우고 웃는 법을 배웠다.

그는 자신의 것에 만족하며 긍정적으로 살아가기 위해 노력했다.

그러나…….

그 모든 것은 그날, 제 아비가 숙부에게 죽임을 당하고 가문이 멸(滅)당했으며, 운명이라는 말을 저주하며 천장절벽 아래로 몸을 날렸던 그날, 자신이 가지고 살았던 긍정적인 삶은 쓸모없는 것이라는 것을 소월은 뼈저리게 느꼈다.

그저 힘을 취하지 못한 자가 늘어놓는 변명이요, 푸념이라는 것을 알게 된 것이다.

＊　　　＊　　　＊

수우우—

주강(珠江)에서 가장 큰 강줄기를 꼽으라면 광동성을 가로지르는 동강(東江)를 말한다.

게다가 그 밑으로 파생되는 수십의 물줄기는 중원 전체로 퍼져 나갔다.

그리고 지금 이 청승 남쪽으로 지나서는 커다란 동강의 하천 줄기에 청승스럽게 낚싯대를 드리우고 있는 한 노인이 있었다.

"세월이 네월이~ 내 마음을 흔들어놓는구나~ 하루하루

연명을 빌어야 사는 이 방탕한 신세가 나의 가슴을 적시는
구나."

허름한 옷차림에 꾀죄죄한 얼굴, 한눈에 보아도 노인의 행
색은 영락없는 거지였다. 한참 동안을 그리 있던 노인은 허리
를 두어 번 토닥이더니 이내 자리에서 일어섰다.

"쯧— 어찌 이 커다란 하천에서 물고기 한 마리도 안 잡히
누."

노인은 투덜거리며 조악하기 그지없는 낚싯대를 주섬주섬
챙겨 들었다. 그리고 자리를 뜨려는 찰나, 때마침 노인은 강의
위쪽 부근에서부터 서서히 휩쓸려 오는 검은 물체를 발견했
다.

"저게 뭐시여."

처음엔 그저 썩은 나무토막이 내려오거나, 저번 달쯤에 상
류 지역에서 일어났던 비 난리로 죽은 가축이 떠밀려온 것이
겠거니 했다. 그러나 점점 가까워져 바로 자신의 앞까지 오게
된 것을 본 노인의 눈이 놀라 휘둥그레졌다.

"사, 사람인겨?"

한눈에 보아도 그것은 사람이었다.

그것도 꽤나 어린 나이의 소년이 물결에 몸을 맡겨 내려오
고 있는 것이다.

노인은 접어둔 낚싯대를 허둥지둥 꺼내 들었다.

"저걸 어쩐다누! 어쩐다누!"

하천이라 하지만 자신에게 소년을 업고 나올 기력이 있는

것도 아니다. 게다가 움직임이 없는 것으로 보아 소년은 이미 숨을 거둔 것 같았다.

"웃차!"

그저 시신이라도 수습할 마음에 노인은 안타까움을 담아 낚싯대를 힘껏 날렸다.

第二章
생 (生)의 이유

剑帝 진소월

중원의 거리는 그야말로 활기가 가득 찬 곳이다.

새벽이 지나 아침으로 들어서는 시간, 장터로 들어갔을 때는 대부분의 점포가 문을 열고 손님들을 맞을 준비를 한다.

"자자! 힘 좋은 녀석들이 펄떡거리고 있을 때 사 가세요!"

"나리, 든든한 만주 한 접시 어떠십니까!!"

길게 늘어선 줄의 곳곳에는 강에서 갓 건져 올린 싱싱한 생선을 통 안에 넣고 있는 장사치, 먹음직스레 찐 만두를 찜대 위로 올리는 만두팔이, 신선한 야채들을 큼지막한 손으로 잡아 가판대 위에 올려놓는 야채 장사들까지…….

곳곳에는 부지런한 몇몇 손님들이 가게 주인과 가격을 흥정하는 모습도 쉽게 눈에 띄었다.

장터의 구석진 곳의 으슥한 그늘을 지나면 거지들의 소굴이 나왔다. 삶에 찌들었거나 기력이 없는 이들이 모여 있는 곳.

장터에 구수한 향과 사람들의 북적임이 있다면, 이곳은 썩은 악취와 들어서는 이에게 거부감을 주는 한적함이 있었다.

"야! 저기 망부석(望夫石) 있다!"

퍽―

삼삼오오 모여 있는 소년 중 하나가 던진 큼지막한 돌은 그대로 벽에 기대서 미동도 하지 않는 한 비렁뱅이의 몸뚱이를 맞추곤 떨어졌다.

자세히 살피면 알 것이나 꿈쩍도 안 하는 그 비렁뱅이 또한 돌을 던진 아이들과 그리 많은 차이가 나지 않는 앳된 소년으로 보였다.

"……."

돌을 맞았으면 몸을 움찔대던가 하는 반응을 보이게 마련인데도 소년 비렁뱅이는 귀찮은 듯, 아니, 그런 일은 이미 익숙하다는 듯 멍하니 하늘만을 올려다볼 뿐이었다.

"옛다! 이번엔 이거다!"

소년의 외침과 함께 날아든 것은 지독한 냄새가 코를 마비시키는 똥 덩이였다.

퍽―

똥 덩이는 비렁뱅이 소년의 몸에 그대로 적중했다.

역겨운 진내가 코끝을 확 치고 올라왔을 것임에도 소년 비렁뱅이는 표정의 변화를 보이지 않았다.

"에이, 재미없다."

"야, 그만 가자."

소년들은 자신들의 짓궂음에 아무런 반응을 보이지 않는 비렁뱅이에게 금방 싫증을 내는 듯했다.

소년들이 사라졌음에도 비렁뱅이는 몸을 움직이지 않았다.

엔간히 화를 돋우거나 하면 일어서서 성깔이라도 부릴 것을, 하물며 자신의 몸에 똥이 묻었으면 닦아내기 위해 개울가에라도 갈 법한데, 어째서인지 소년의 다리는 미동조차 하지 않았다.

슥—

단지 이런 일이 익숙한 듯 미리 받아둔 물통에 천 쪼가리를 적셔 똥을 닦아낼 뿐이다. 덕분에 같은 비렁뱅이들도 그와 가까이하지 않으려는 모습이 눈에 띈다.

그런 그의 뒤에서 혀를 끌끌 차는 소리가 들렸다.

"쯧쯧! 이놈아! 또 이곳에서 이러고 있는 게냐?"

그 행색이 꽤나 이곳에서 오래 지낸 사람이라는 생각이 드는 노인이었다. 이곳에서 한 오 년 전부터 지내기 시작한 그를 거지들은 추 노인이라 불렀다.

"쯧, 차라리 다른 녀석들처럼 성질이라도 내지 가만히 있기만 하니. 오죽하면 망부석이라 불릴꼬."

추 노인은 소년이 맞은 돌과 똥 덩이를 보더니 안타깝다는 듯 다시 한 번 혀를 찼다.

"……."

소년은 노인의 핀잔에도 묵묵히 몸을 닦아낼 뿐이었다.

거기까지는 좋았다. 하지만 기묘한 것은 소년이 묻은 똥 덩이를 전부 닦아내고서 이번엔 진흙 더미를 자신의 얼굴에 문지르는 것이었다.

"또, 또……."

깨끗이 닦아놓고는 이게 또 무슨 짓이란 말인가?

하지만 노인은 그런 소년의 모습에 익숙한 듯했다. 꾀죄죄한 옷과 헝클어진 머리에 진흙에 범벅된 외모까지… 소년의 모습은 영락없는 거지다.

"……."

진흙 묻히기를 끝낸 소년은 물끄러미 노인을 올려다보았다. 자신을 올려다보는 소년을 보자 노인 또한 그제야 생각난 듯 자신의 품 안을 뒤적였다.

"아참! 내 정신 좀 보게. 늙어갈수록 기억력만 줄어드는구만, 이거."

노인이 주머니에서 꺼내 든 것은 한눈에도 케케묵어 보이는 만두였다. 아마도 그 역시 동냥으로 얻어온 것일 것이다.

옷 위에 슥 손을 문지른 소년은 노인이 건넨 만두를 재빨리 받아 들곤 허겁지겁 입 안에 우겨넣었다.

쩝쩝쩝!

"그놈 참……."

이어 노인이 놋그릇에 담긴 물을 내밀자 소년은 그릇을 받아 들고는 물을 덜컥덜컥 들이켰다.

꿀럭! 꿀럭!

무표정한 모습으로 앉아 있던 소년의 모습은 무기력감과 배고픔에 의한 것이었다.

급하게 들이켠 탓에 물이 목을 타고 흘러내렸지만 아랑곳하지 않았다. 게 눈 감추듯 만두를 넘긴 소년은 그제야 말문을 텄다.

"할아버지… 매번 정말 감사드립니다."

"됐다. 동냥해서 얻어온 거라 성치도 않은 것인데 무슨 감사더냐. 게다가 나에게도 너만 한 손자가 있었기에 너를 볼 때마다 생각나 적적하진 않다. 그래, 슬슬 네 얘기를 해줄 때도 되지 않았느냐?"

"……."

그러자 소년은 말문을 닫았다.

추 노인도 더 이상 무뚝뚝한 소년에게 아무것도 묻지 않았다.

궁금한 것은 산더미처럼 많았으나 소년의 눈을 보고 그는 깨달았던 것이다. 슬픈 아픔. 그것을 지닌 자의 눈이다.

병들고 무엇인가에 의욕을 잃어버린 눈.

"됐다. 이 늙은이가 괜한 걸 물어봤구나. 괘념치 말거라."

머리를 긁적인 노인은 조용히 자리에서 일어났다.

그가 소년을 강가에서 건져 올려 이곳에 데려다 놓은 지도 두 번의 겨울이 지났다. 낚싯대를 이용해 가까스로 건져 올린 소년은 놀랍게도 살아 있었고, 그런 그를 이곳에 데려온 것이 바로 추 노인이었다.

"쯧. 어쩌다 내 인생이 이리 꼬였누."

그는 한때 잘나가던 객잔의 주인이었다.

객잔의 가장 큰 어려움인 무인의 다툼 또한 지혜롭게 해결해 나갈 수 있는 수완가이기도 했다.

하지만 그것은 전부 예전의 일.

객점 옆으로 기루가 들어서면서 그는 재정난에 휩싸였고, 결국 가게를 안정시키기 위해 여기저기서 끌어들인 돈을 막지 못하는 일이 터지고 말았다.

간신히 아들과 손자들에겐 피해가 가지 않도록 했지만 결국 자신은 이리 거지가 되어 숨어살아야 하는 꼴이 되었다.

자신의 아들 내외나 손자를 보고 싶었지만 차마 이런 꼴로는 돌아갈 수 없는 터.

그리움에 사무쳐 그저 하루하루 의미없이 보내는 그였지만 강에서 주워온 이 소년을 만나고 나서부터는 그 외로움을 조금이나마 덜 수 있었다.

비록 같이 잠을 청한다거나 할 수 없는 소년의 딱딱한 성격 때문에 그저 낮 시간 동안 짬짬이 말벗이 되거나, 대중없는 식사 친구가 되는 것뿐이었지만 추 노인은 그만으로도 만족스러웠다.

하지만 반대로 그만큼 가족에게 돌아가고픈 열망은 강해져 갔다.

스윽—

소년이 몸을 움직이는 때는 하루의 일이 끝나고 사람들의 걸음이 뚝 끊기는 어두운 밤이었다.

소년이 어째서 사람의 인적이 뜸한 밤에만 움직이는지, 그가 어째서 사람들을 피하고 돌을 던지는 아이들에게 달려들지 않는지는 밤이 되면 알 수 있었다.

"하아, 하아……."

안쪽으로 휘어진 왼쪽 다리를 절룩이며 걸어가는 것이었다.

소년이 불편한 다리를 이끌고 사람들의 눈을 피해 걷고 걸어 들어간 곳은, 산 입구에서 정상적인 길을 벗어나 한참을 돌아가야 나오는 인적이 없는 작은 굴이었다.

"후우… 후아……."

불편한 다리를 이끌고 오래 걷는 자체도 어려울 것인데 굳이 소년은 거지들과 함께 생활하지 않았다. 그들이 더러워서라든지 하는 이유가 아니었다.

소년은 자신이 다리를 전다는 사실을 숨겨야만 했고, 이곳에 숨겨놓은 물건을 남에게 들켜서는 안 됐기 때문이다.

타닥— 타닥—

익숙한 놀림으로 불을 피운 소년은 산에서 캐어낸 칡뿌리를 구워 입안으로 가져갔다.

하루 중 그가 먹는 것이라곤 추 노인이 가끔 가져다주는 만두와 이렇게 산에서 캐낸 칡뿌리가 전부였다.

"큭……."

쓰다.

언제 먹어도, 이 년여를 이리 생활했음에도 칡뿌리는 언제나 쓰디써 침샘을 자극했다.

하나, 먹을 수 있다 하여도 나무뿌리는 나무뿌리, 간간이 마을에서 추 노인이 구걸해 나눠 주는 식은 만두라도 얻어먹을 수 있었기에 소월은 그나마 제 기력을 유지할 수 있었다.

그래도 이것이 어딘가. 처음 이것을 먹을 줄 몰랐을 때 얼마나 배를 곯아가며 생활하였는가. 그때에 비하면 이 생활은 편안한 것이었다.

늦은 저녁 식사를 마친 소년이 가장 먼저 한 행동은 불편한 다리로 가부좌를 트는 것이었다.

타닥타닥!

찌르르―

장작은 작게 타올랐고 숲의 풀벌레 소리는 고요한 굴 안을 매웠다.

스으으으―

어정쩡한 자세로 가부좌를 튼 소년의 얼굴에 조금씩 혈색이 돌기 시작했다. 가지런히 모인 손은 그렇게 굳어 몇 시간을 움직이지 않았다.

무공을 조금이라도 아는 자라면 소년이 지금 하는 것이 무엇인지 알 수 있으리라.

그것은 바로 내가심법(內家心法)이다.

지금 소년의 몸으로 무공을 익히는 것이 불가능하다는 것쯤은 세 살배기 아이도 알 것이다. 그런데도 소년은 무엇을 위해 이리 필사적으로 내가심법을 운용하고 있는 것일까?

스스스스―

그는 미력한 무공이지만 이렇게 동굴에서 자신을 단련하고 있었다.

자유롭게 움직이지 못하는 몸이 그의 머릿속에서만큼은 절도있게, 그리고 힘이 넘치는 모습으로 수련을 하는 것이다.

'절세의 비급이라 하는 것은 없는 기초의 것들이지만, 집안에 있던 수십, 수백의 무공서를 읽었다. 비록 나의 몸은 실제로 움직이지 못하나 내 머릿속에서만큼은 자유로울 것이다.'

힘의 세기부터 호흡의 방향과 진기의 이동까지 모든 것은 그의 머릿속에서 이루어진다.

내가심법의 시전에다 집동체까지 곁들여 그야말로 소년의 집중력은 최상의 상태.

찌르르― 찌르륵!

소년은 그렇게 두 시진 이상을 돌처럼 굳어 움직이지 않았다.

만약 그가 이런 조용하고 안전한 굴로 들어오지 않았더라면 이 흐름은 절대 유지될 수 없었을 것이다.

게다가 별것 아니라고 할 수 있는 내가심법이지만 무공을 할 줄 아는 거지라니, 사람들의 눈에 띈다면 그에 대한 이야기가 마을에 퍼질 것이 불을 보듯 뻔했다.

부우우—

이어, 그의 단전에 따스한 기운들이 모이기 시작했다. 내가 심법에 이어 내공의 운용을 시작한 것이다.

단전에서 시작된 따스한 그것은 그의 몸 구석구석을 타고 차례대로 흐르기 시작했다. 그러나 그 기운은 늘 다리에서 막혀 더 이상 나아가지 못했다.

"빌어먹을⋯⋯."

작은 욕지거리를 내뱉은 소년은 그제야 눈을 떴다.

아쉬움이 가슴 가득 남는다.

내공의 운용을 좀 더 자세히 알아두었더라면⋯⋯.

백문불여일견(百聞不如一見)이라 했던가. 수십 권의 책을 읽었지만 기의 흐름을 잡아내기란 어지간해서 할 수 없는 일이다.

책에는 자신과 같이 몸이 성하지 않은 자에 대한 언급이 없었기 때문이다.

"아버님⋯ 저는⋯⋯."

자신의 아비가 마지막으로 남겨준 내공이다.

그 크기가 어찌 되는지, 어떻게 운용하는지 소년은 알지 못했다. 또한 그런 것을 가르쳐 줄 사람도 없었다.

그날은 늘 밤에 동굴로 향하던 소년의 발걸음이 다른 곳을 향하고 있었다.

소년이 보름에 한 번씩 경유하는 그곳은 다름 아닌 마을 입구 구석진 곳에 자리 잡은 안내판이었다.

이 안내판은 마을의 중요 소식과 사람을 찾는 방을 비롯한 현상수배자의 벽보를 붙이는 용도로 쓰였다.

그리 자주 붙는 것도 아니고 사람들의 이목을 끄는 일도 없었으나, 소년에겐 보름에 꼭 한 번씩은 들러야 하는 장소였다.

행여나 진가에 대한 소식이라든지 아비가 찾아가길 바랐던 주문중이라는 인물에 대한 단서를 얻을 수도 있었기 때문이다.

무턱대고 자신의 행색으로 사람들에게 수소문한다면 분명 자신을 찾는 진환륜에게 발각될 것이 뻔했기 때문이다. 물에 빠져 지푸라기라도 잡는 심정이었다.

게다가……

"……!!"

그날따라 벽보를 올려다보는 소년의 얼굴이 파리했다.

찌익! 찌직!

재빨리 벽보로 달려간 그는 다짜고짜 한쪽 면에 붙여진 수배지를 뜯어내 찢어 입에 넣고 씹었다.

꿀꺽!

쓴 먹물의 맛이 느껴지지만 소년은 그것을 삼켜 버렸다.

"……?"

순간, 그는 뭔가에 흠칫 놀란 것처럼 사방을 두리번거렸다.

'아무것도 아닌가? 후우, 너무 예민해졌나 보다.'

다행히 늦은 밤이라서일까, 인기척은 느껴지지 않는다. 자신의 착각이겠거니 고개를 갸웃한 소년은 이어 걸음을 재촉해 동굴로 향했다.

그러나 소년이 사라지고 얼마 안 있어 벽보 앞에 조심스럽고 수상한 움직임이 보이기 시작한다.

타박— 타박—

추 노인이었다.

그는 소년이 뜯어낸 벽보를 물끄러미 바라보고, 이어 소년이 사라진 곳을 한참 동안이나 뚫어지게 응시했다.

"……."

무엇을 생각하는 것일까.

그는 언제부터 이곳에 있던 것이었을까. 고개를 절레 흔들던 추 노인 또한 짙은 어두운 골목으로 걸음을 옮겼다.

스윽— 탁. 스윽— 탁.

소월의 계속해서 뛰어오르는 가슴은 좀처럼 진정할 기미를 보이지 않았다. 산길을 오르는 건 몇 번을 경험해도 힘들다.

게다가 오늘처럼 긴장이 배가되는 날이면 그 체감은 배를 뛰어넘는다.

"후우… 후우……."

수배지에 붙어 있던 인물의 모습은 자신이었다.

조금 변하긴 했으나 자세히 본다면 알 수 있는 것.

그래서 소년은 매일같이 자신의 얼굴에 진흙을 묻히고 생활했다. 그럼에도 좀처럼 진정할 수 없었다.

사람들의 눈을 피해 움직이는 것도 혹 수배지에 적혀 있을 특징을 피하기 위해서였다.

다리를 저는 소년.

앳되고 어린 열두 살의 남자아이가 실종되어 애타게 찾고 있다는 문구가 쓰여 있었다.

게다가 발견 시에 언질만 해줘도 금 세 냥을 주겠다는 파격적인 내용을 담고 있었다. 금 세 냥이면 중산층이 떵떵거리고 살 수 있는 금액이 아니던가.

그런 거금을 내주는 것만 보더라도 그 동기가 마냥 좋은 일만은 아니라는 걸 알 수 있었다.

진소월.

전단지에 적혀 있던 자신의 이름.

이 년여 동안 누구에게도 불리지 못하고 가르쳐 주지 않은 자신의 이름. 잊지 않기 위해 동굴 바닥에 수십 번 쓰고 지우던 그 이름.

'아직도, 아직도 나를 찾고 있다. 숙부⋯ 아니, 진환륜!'

뿌득─

소년은 이를 꽉 물었다.

이 년 전 그날이 아직도 생생히 떠올랐다. 피가 거꾸로 솟을 정도의 분노가 온몸을 휘감지만 자신이 할 수 있는 것은 오직 그의 눈을 피해 몸을 숨기는 것뿐이었다.

수배지를 떼어낸 뒤 며칠이 지났음에도 소월은 경계를 늦추지 않았다.

　이 년이라는 시간 동안 자신을 내려다보는 사람들의 시선에 무심해졌을 법도 한데, 바라보는 이가 있으면 소월은 황급히 고개를 숙였다.

　얼굴에만 바르던 진흙을 이미 옷가지에도 발라두어 애초에 다른 사람들의 접근을 차단했다. 소월은 여차하면 추 노인에게만 살짝 귀띔을 주곤 거리에서 모습을 감출 생각이었다.

　슥—

　늘 그렇듯 겉으론 망부석 같은 모습으로, 마음속에선 날 선 반응을 보이는 그의 머리 위로 검은 그림자가 드리워졌다.

　소월은 저도 모르게 몸을 움츠렸다.

　그림자의 크기로 봐선 절대 추 노인의 것이 아니었다. 건장한 체구를 가진 자가 분명했다. 소월은 최대한 침착한 모습으로 고개를 들어 그림자의 주인을 올려다보았다.

　"네가 진가의 장남 진소월이냐?"

　"……?"

　소월은 뒤통수를 망치로 얻어맞은 느낌을 받았다.

　갑작스레, 그것도 자신이 비밀로 하고자 한 것을 스스럼없이 묻는 사람이라니…….

　"그게 무슨……."

　노인은 떡하니 소월을 내려다보며 말을 이었다.

"네가 진소월이냐 물었다."

소월의 표정은 딱딱하게 굳었고 이마엔 땀이 맺혔다.

다짜고짜 물음을 던진 노인의 희고 부리부리한 눈썹에서 그의 황소 같은 고집을 느낄 수 있었다.

그리고 무엇보다 저 눈.

사람을 발가벗겨 놓고 바라보는 듯한 매서운 눈초리를 마주하고, 몸을 움츠리지 않을 자가 과연 몇이나 있을 것인가.

"……."

"대답해라."

다시 위압적인 말투로 입을 연 노인의 물음에 소월은 하마터면 자신이 그가 맞다 실토할 뻔했다. 이미 감각도 없을 다리 한쪽마저 떨리는 느낌을 받아보긴 처음이었다.

"모르는 사람이오."

간신히 입을 뗐지만 대답을 입 밖에 꺼낼 때 전혀 주눅 들지 않았음을 보여주기 위해 소월은 억지로 호기를 부렸다.

"그래, 내 사람을 잘못 보았나 보군."

노인은 소월의 한마디에 별다른 말 없이 몸을 돌려 걸음을 옮겼다. 그러나 이미 소월의 머릿속은 수만 가지의 생각으로 가득 찼다.

'나를 찾는다, 그것도 정확히 나의 이름을 물었다.'

짤그락!

소월이 조심스레 힐끗거리며 노인의 뒷모습을 훔쳐보던 때, 이 빠진 그릇 안으로 은자 한 냥이 떨어졌다.

"이건 이 노부의 눈을 피하지 않고 똑바로 바라본 것에 대한 상이다."

"……."

그릇 안의 동전과 점점 멀어져 가는 노인을 번갈아 바라보는 소월의 표정은 그리 좋지만은 않았다.

이런 생활 속에 갑작스레 돈이 생긴 것은 소월에게 있어선 무엇과도 바꿀 수 없는 기쁨이었지만, 반대로 자신의 이름을 정확히 물으며 찾아다니는 사람이 있다는 것은 이곳도 이젠 안전하지 않다는 뜻이다.

'이곳을 한시라도 빨리 떠야 한다.'

"진소월? 그게 네 이름이더냐?"

"……?"

생각에 빠져 있던 소월은 갑작스레 들려온 소리에 칼날 위를 걷다 헛디딘 사람처럼 가슴이 철렁였다.

들려온 목소리엔 자신의 이름이 특히 강조된 것 같았다.

"왜 그러냐? 마치 귀신이라도 본 사람처럼."

그러나 그것은 순간의 착각이었을 것이다.

노인이 사라지고 나서 소월 곁으로 다가온 이는, 그가 예전부터 알고 지내는 또 다른 노인인 추 노인이었으니까.

"하아……."

소월은 작은 안도의 숨을 뱉었다.

그가 이곳에서 유일하게 기댈 수 있는 사람을 꼽으라면 추 노인, 그를 꼽을 것이니 말이다.

그렇지만 소월은 그것을 티내지 않았다. 누군가에게 기대고 있다는 것을 밝히고 싶지 않았다. 그리고 인정하고 싶지도 않았다.

"모르는 사람입니다."

추 노인은 소월의 딱 잘린 대답에 입맛을 다시다가 방금 괴노인이 그릇 안에 던지고 간 은자를 보곤 눈이 휘둥그레졌다.

"이, 이거 은자 아니냐? 그, 그래서 아까 그런 표정을 지은 게냐? 엄청난 갑부가 틀림없을 거다. 인석, 앞으로 한동안 음식 걱정은 없겠구나!'

어찌할 바를 모르고 계속해서 떨리는 추 노인의 목소리.

마치 자신의 일인 양 기뻐해 주는 그 모습에 소월은 마음속에 작은 미소를 그렸다.

자신이 진가에서 세상에 대한 것을 아무것도 모르고 살았을 무렵, 이 은자 하나가 이리 큰 삶의 희망이 될 줄 그 누가 알았겠는가.

하루하루 배고픔과 싸워야 하는 이 바닥을 어찌 알았겠는가 말이다.

"그 은자, 어르신께 맡기겠습니다."

소월은 이미 이곳을 떠날 생각을 굳혔다.

그러나 곧바로 사라지면 의심을 받을 것이 뻔했다. 적어도 일주일 이상은 이곳에 남아 있다가 수배 대상에서 벗어났을 때 은근슬쩍 사라져야 했다.

자신이 떠나면 추 노인은 분명 적적해할 것이다. 자신을 마치 손자처럼 아낀다는 것을 그도 잘 알고 있었다.

그래서였다. 그에게 맡긴다는 은자는 자신을 물에서 건져 내어주고 보살펴준 것에 대한 소월이 할 수 있는 최대의 감사 표시였다.

"그, 그래? 아무래도 어린 소년이 가지고 있기엔 흉흉하지. 걱정 말거라. 내가 너랑 내, 그… 내……."

추 노인이 살짝 말꼬리를 흐리며 눈치를 보자 소월은 짧게 대답했다.

"할아버님의 만두 또한 부탁드립니다."

그제야 추 노인의 표정이 밝게 변했다.

"그, 그래!! 내게 맡겨만 두려무나!"

표정을 감추려 했으나 소월의 입가에도 한동안 드리워지지 않았던 미소가 피어올랐다. 그리고 추 노인은 한달음에 만두를 파는 장사치에게 달려갔다.

하지만 추 노인은 한 식경(食頃)이 다 가도록 돌아오지 않았다.

'무슨 일이 생긴 건가?'

소월은 내심 불안한 마음에 휩싸였다. 안 그래도 자신에 대한 신변의 위협 때문에 가까운 사람마저 의심해야 하는 자신이 미웠지만 그것이 사람인 것을 어찌하랴.

시간이 좀 더 지나고 나서야 추 노인은 돌아왔다.

하지만 추 노인의 두 손은 비어 있었고, 얼굴 여기저기는 시퍼런 멍이 올라 있었다. 단박에 보아도 그것은 엎어지거나 부딪쳐서 생긴 상처가 아니었다.

매몰찰 정도로 구타당한 것이다.

"그 상처……."

털썩―

갑작스레 추 노인이 무릎을 꿇었다.

"흐흐흑! 미안하다, 미안해."

울먹이고 미안하다며 빌고 있는 그를 바라보는 소월의 표정이 무겁다. 소월은 그가 안 좋은 일에 휘말렸다 직감했다.

"흐흑! 미안하구나. 흑! 내 정말 면목이 없구나."

땅만 보고 엎드려 있는 추 노인을 가까스로 일으켜 세운 소월은 다그치듯 그에게 물었다.

"무슨 일입니까? 얼굴은 왜 이 모양이고…… 어르신!!"

"장산패 패거리들이 네가 은자를 받은 걸 이미 알아채고 있지 않더냐. 그래서 결국……. 미안하구나. 내가 지켜야 했는데. 그것이 어떤 돈인데!! 흐흑!"

소월의 안 좋은 예감은 그대로 적중했다.

게다가 장산패 패거리라니…….

그들은 삼삼오오 몰려다니며 거리의 거지들에게서 물품을 갈취하는 무뢰배(無賴輩)들이었다.

소월은 조심스레, 울고 있는 추 노인을 달랬다.

"할아버님……."

"이 늙은이야 언제 죽어도 이상할 것이 없지만…… 어쩌면 좋으냐. 흐어어!"

"……."

서럽게 목 놓아 우는 추 노인의 심경을 모르는 바가 아니다.

은자 한 냥이면 정말로 그들에게 있어선 한줄기 광명과 같은,앞으로의 배고픔을 덜 수 있는 희망이었다.

게다가 그 돈의 원 주인은 손자뻘인 소월이 아니던가. 그런 귀한 것을 빼앗긴 것이니 추 노인의 심정이 오죽하랴.

무뢰배라 하지만 지켜야 할 도리가 있을 것을…….

슥—

추 노인을 내려다보던 소월은 자리에서 일어섰다.

그가 일어서자 주변에 무심하던 거지들마저 그에게 시선을 던졌다. 그것은 그들마저 이 년여 동안 처음 보는 광경이었다.

"뭐야? 저 녀석, 다리 못 쓰는 거 아니었어?"

"뭐 하러 지금까지 저 자리서 꼼짝도 안 하고 있었대?"

앉은뱅이인 줄만 알았던 소월이 벌떡 일어났으니 그들이 놀랄 법도 했다. 게다가 그가 앉은뱅이가 아니라는 사실을 알던 이들도 그가 이런 백주에 걸어 다니는 걸 볼 생각은 꿈도 꾸지 못했다.

"서, 설마? 그 녀석들에게 갈 생각인 게냐? 안 된다! 가면 안 돼! 너까지 해코지당할 것이야!"

"…억울하게 떼인 돈입니다. 찾아와야지요."

소월은 추 노인의 만류에도 불구하고 걸음을 떼기 시작했다.

스윽— 터벅— 스윽— 틱—

그러나 굳은 표정에 비해 소월의 걸음걸이는 그야말로 우스꽝스러웠다.

"그 다리……."

"……."

자신이 절름발이인 것이 그리 큰 놀라움이었나?

아니면, 다른 의미로 그것에 대해 놀란 것일까?

더듬거리며 말을 잇던 추 노인은 소월과 눈이 마주치자 말꼬리를 흐렸다.

"아, 아니다……."

"예, 저는 절름발이입니다."

어차피 얼마 안 있으면 이곳을 떠날 것이다.

아니, 오히려 이런 말을 하는 것조차 추 노인을 위한 것이라며 자위하는 것일지도 모른다.

"그랬구나. 그래서 너는 사람들 눈에 띄지 않으려…… 미안하구나. 너를 하천에서 꺼내놓고도 난 그걸 전혀 몰랐구나."

"괜찮습니다. 남들에게 알리고 싶지 않은 저의 고집이었습니다."

터벅— 슥— 터벅—

절룩이는 다리였으나, 소월의 비장한 표정에 누구 하나 그 걸음걸이에 대해 언급하지 못했다.

그런 소월을 멀리서 유심히 지켜보는 세 사내가 있었다.

"……."

"……흠."

온몸을 흑포로 덮은 이들 중 유난히 소월을 살피던 젊은 사내가 나직이 읊조렸다.

"아무래도 저놈이 확실한 것 같습니다. 얼굴에 똥칠을 해놨고 극도로 말랐지만 저 걷는 모습은 후천적인 것이 아닌 선천적인 장애를 가진 이들이 보이는 것입니다. 게다가 진 공에게 들은 그대로의 골격인 것 같습니다."

"과연. 아침나절엔 저렇게 밖에서 거지들과 함께하여 자연스레 의심이 사라지게 만들고, 밤에는 절음발이인 것을 숨기기 위해 다른 곳에서 생활했다 이건가. 어린놈이 이리 용의주도하다니…… . 제보가 아니었으면 찾는 데 더 오랜 시간이 필요했을 것이다."

어느 정도 나이가 찬 중년 사내의 목소리, 그것은 소월에 대한 탄복의 말이었다. 하지만 그들의 입장에서 그런 소월에게 탄복을 보낼 수만은 없었다.

눈매가 매서운 사내가 이를 갈았다.

"독종도 저런 독종이 없군. 아무리 초대 제주님의 행방 때문에 뒤숭숭했다지만… 이 년 동안 저 녀석 하나를 못 찾아 우리 천방제의 명성이 바닥에 떨어진 것을 생각하면…… ."

당장에라도 뛰쳐나갈 기세의 사내를 제지한 중년의 사내는 고개를 저었다.

"오늘 밤 녀석을 따라간다. 분명 그것을 몸에 지니고 있진 않을 것이다. 녀석이 숨어 지내는 곳에 있을 것이야."

"그럼 저는 이곳에 남아 녀석의 행동을 지켜보겠습니다."

"그래, 연성지는 이곳을 지키고, 양정련과 나는 곧바로 전문을 띄우고 오겠다. 두 시진 정도면 날이 저물 것이니 그때 합류하도록 하지."

휘릭!

말을 마친 중년 사내와 양정련은 빠르게 그곳에서 사라졌다.

홀로 남은 연성지는 계속 조심스레 소월의 뒤를 밟았다.

＊　　　＊　　　＊

탁!

잔은 넘친 술이 탁자 위를 흥건히 적셨다.

"정말 하루하루가 오늘 같으면 원 없겠군!"

추 노인에게서 은자를 빼앗은 패거리인 장산패 녀석들은 자신들의 본거지에 눌러앉아 술병을 비어내고 있었다. 그도 그럴 것이, 이 패거리들에게도 은자 하나는 큰 월척이나 다름없었다.

"앞으로 그 망부석 꼬마는 우리가 관리해야겠어. 이런 월척을 걷어 올렸을지 누가 알았겠어!"

"그런 거금을 적선하는 정신 나간 놈이 있다는 게 놀랍지!"

게다가 상대는 이곳에 눌러산 지 오 년이나 됐지만 인망도,

그렇다고 힘이 있는 것도 아닌 나부랭이 노인네 한 명과, 하루 종일 구석에 처박혀 동네 꼬마들의 놀림감이 되는 망부석 꼬마였다.

그런 두 명에게서 돈을 뺏는 건 어린아이 팔을 비트는 것만큼이나 쉬운 일일 것이다.

"더 불쌍하게 똥칠해 주는 것도 잊지 말자고! 하하하!"

"하하하하!"

십여 명이 넘는 무리 사이에서 천박한 웃음소리가 쉴 새 없이 터져 나왔다. 목구멍에 차다 못해 바닥을 적시는 술이 그들의 더러운 탐욕을 알게 해줬다.

"얌마! 그렇게 부어대면 술이 남아나겠냐?"

"뭐 어때! 그놈이 또 구해다 줄 것을!"

"아, 그런가? 카하하!"

"부어라~ 마셔라~ 흐야~!"

하나, 밤이 깊어도 날이 밝아도 계속될 것 같던 그들의 술판은 그리 오래가지 못했다. 그들의 본거지 앞에서 소월은 물론이오, 쭈뼛거리며 따라온 추 노인을 보았기 때문이다.

"어? 저 녀석, 망부석 아니야?"

"걸어다닐 수 있구만!"

"절룩이? 저놈 다리병신이었어?"

자신들의 술판에 점점 다가오는 소월에게 그들은 끊임없는 조롱을 날렸다.

"……"

소월은 그들의 조롱은 한 귀로 흘려 버린 채 장산패의 우두 머리로 보이는 험악하고 우락부락한 사내 앞에 우뚝 멈췄다.

"그래, 이곳엔 웬일이신가?"

"돌려받으러 왔다."

"뭘?"

"추 할아버지에게 빼앗은 은자."

"카하하! 그래서? 돌려달라고?"

"그래."

한 치의 망설임도 없는 당돌함에 두목의 눈초리가 매섭게 치켜떴다.

"……보자 보자 하니까 이 새끼가."

뒤따라온 추 노인이 황급히 그 앞을 막아섰다.

"마, 마용! 그, 그러지 말게나."

"영감, 확! 저리 안 비켜? 내가 얘기 중이잖아!"

무뢰배들의 두목인 마용이 앞을 막아선 추 노인에게 위협적 으로 손을 치켜들자 추노인은 겁에 질려 모기만 한 목소리로 말을 이었다.

"자, 자네들이 이해하게. 아직, 아직 어린애 아닌가."

"아! 비키라니까!"

마용은 추 노인이 좀처럼 길을 터주지 않자 신경질적으로 소리치곤 냅다 그의 배를 걷어찼다.

퍽—

"컥! 끄으우……."

저만치 구석으로 날아간 추 노인은 배를 움켜잡고 고통의 신음을 흘렸다.

"어르신!"

웃고 떠들며 술잔을 기울이던 장산패 패거리들이 어느새 슬금슬금 소월의 주변을 빙 둘러쌌다. 하나같이 썩은 표정으로 소월을 위아래 훑어보고 있었다.

"……이… 쓰레기들."

그런 그들을 보는 소월의 눈빛 또한 싸늘하기 그지없었다.

"뭐?"

마용이 눈알을 부라리며 노려보았으나 소월은 꿈쩍도 하지 않았다. 아침나절 자신의 이름을 물어본 노인에 비하면 이것은 애들 장난이나 마찬가지였으니 말이다.

"어찌 인간의 탈을 쓰고 이런 짓을 한단 말이냐!"

마용은 헛바람을 내뱉었다.

"하? 이 병신님께서 지금 우리한테 뭐라 했는지 들은 사람 없냐? 야, 너, 아까 뭐라 했어?"

주먹에서 뼈 부딪치는 소리를 내는 것이 분명 한두 대 치는 걸로 끝날 분위기가 아니었다. 마용 입장에선 이런 절름발이 병신 하나쯤은 우습게 골로 보낼 수 있다 생각했으리라.

"두목, 앞으로 돈을 벌어올 중요 상품인데 살살 다룹시다."

"아니야. 오히려 쥐패야 더 불쌍해 보이지. 게다가 다리까지 병신이니 이거 장 한 바퀴 굴리면 짭짤하겠는걸."

"……"

손가락으로 소월의 이마를 툭툭 치던 마용은 계속 자신을 노려보는 소월의 눈빛이 영 거슬렸다.

"헛쭈! 노려보면 어쩔 거야? 어쩔 건데?"

짝!!

소월의 눈에 번쩍 불똥이 튀었다.

마용이 뺨을 때린 것이다.

엎친 데 덮친 격으로 녀석들의 분위기는 더욱 험악스러워졌다.

"눈 깔아, 새끼야!"

소월은 주먹을 쥐었다.

그러자 마용이 가소롭다는 듯 입꼬리를 실룩였다.

"아쭈? 주먹 쥐면 어쩔 건데? 치려고?"

"……."

마용은 고개를 아래로 빼쭉 내밀어 조롱하듯 제 얼굴을 소월의 앞에 들이댔다.

"왜 그래? 한번 쳐봐. 쳐보라니까!"

"……."

"아주 개 작살 내줄 테니까! 그 병신 다리를 아예 못 쓰게 분질러 버릴 테니까!"

"……."

"왜? 얼었냐?"

짝!

마용은 또다시 소월의 뺨을 날렸다.

"카악! 퉤!"

곧이어 걸쭉한 가래침을 소월의 얼굴에 대고 뱉었다.

"좆도 아닌 게."

그는 주변을 돌아보며 자신의 승리를 확신한 듯 어깨를 으쓱였다. 그 패거리들은 뭐가 그리 좋은지 자신들도 덩달아 웃음을 내뻗었다.

"하하하!"

"인마! 돈 대신 침만 잔뜩 맞으면 그걸로 세수라도 해라!"

"할 거 다 했으면 이제 그만 내놔. 은자 한 냥."

소월의 말에 마용은 웃음을 뚝 그쳤다.

그의 표정은 도깨비처럼 험상궂게 변했다.

"이런 씹새가… 어디서 개수작이야! 한 대 더 갈까!"

그러나 상황은 곧바로 급반전됐다.

'발경을 시전하기 위해 단전에서 시작한 기운을 끌어올려 거궐과 극문을 통해 마지막 노궁으로 내뿜는다.'

부우웅―

"으응?"

쉬이익!

왠지 모를 한기에 다시 돌아볼 틈도 없이 소월의 손바닥은 마용의 가슴을 내려쳤다.

뻐억!

마용의 가슴뼈가 주저앉는 둔탁한 소리가 터졌다.

동시에 그를 내려친 소월 역시 두 발자국을 뒤로 물러섰다.

"크악!"

쿠당탕!!

비명을 내지르며 구석에 날려 처박힌 마용은 눈깔을 뒤집고 입안에 핏기 서린 거품을 물고는 그대로 기절해 버렸다.

"뭐, 뭐야, 이거?"

"저 새끼, 무슨……?"

소월이 마용에게 날린 것은 수발경(手發勁)이었다.

물론 기교나 내공의 흐름을 조절하는 것이 아닌, 막가자 식의 장력이었으나, 무공을 모르는 일반인들에겐 그것만으로 충분한 효과가 있었다.

'됐다. 미흡하긴 하지만 드디어 다리의 디딤 없이 어깨의 버팀만으로 발경을 가능케 했다.'

"바, 방금 그거……."

"무, 무공이다!"

소월의 발경 한 방에 분위기는 찬물을 끼얹은 듯 싸늘해졌다. 웃음을 날리던 무뢰배들의 입에선 더 이상 웃음이 터져 나오지 않았다.

너무나도 갑작스러운 소월의 공격에 그들은 얼음처럼 굳어 구석에 처박힌 자신들의 두목인 마용을 구할 생각도 못하고 있었다.

하나 작은 문제가 있었다.

'큭! 마음의 수련으론 육체까지 단련할 수 없음을 잘 알고 있었지만 이정도일 줄이야.'

소월의 어깨가 방금 시전한 장력의 반동을 이기지 못하고 빠져 버린 것이다.

그렇다. 이론은 충분했으나, 그 발경을 시전하기에는 소월의 육체가 형편없는 상태였다. 무릇 무공은 그 이치만 깨달았다고 하여 펼칠 수 있는 것이 아니다.

몸과 마음, 두 가지를 입신할 수 있어야 하는 것.

"크읍."

그래도 어렸을 때부터 기초 의술 서적을 달고 산 그다.

어깨뼈를 맞추는 방법 정도는 알고 있는 터라 소월은 한 치의 주저함도 없이, 왼쪽 깃 부분을 이로 꽉 물고는 오른 어깨뼈를 스스로 맞춰 버렸다.

뿌드득!

"……!"

하나, 이것 역시 이론만 가득할 뿐.

몸으로 경험한 적이 없는 소월은 까무러칠 정도의 아픔에 그만 자리에 주저앉을 뻔했다.

"크읍!!"

보통 사람이라면 바닥을 구를 정도의 아픔이 있기에 스스로 어깨뼈를 맞춘다는 것은 거의 불가능했다. 애초에 어깨뼈를 제 혼자 맞추는 것은 본 적도 없는 무뢰배들이었기에, 그런 소월의 모습은 그들의 얼굴을 싸늘하게 굳히기에 충분했다.

무엇보다 방금 시전한 무공이야말로 그들의 얼을 빼놓기에 충분했다.

"저, 저······."

자신들은 주먹을 쓰는 집단이다.

물론 거지들을 관리하기 때문에 객잔이나 길거리에서 심심치 않게 무공을 쓰는 무림인들도 보아왔다.

"바, 방금 그거··· 무공 맞지?"

"마, 마용 두목 날아간 거 봐, 봤잖아."

"우, 우리 이··· 이, 이젠 어쩌지?"

하지만 무뢰배들은 그 무림인들의 심기를 건들인 적이 단한 번도 없었다.

왜냐고? 상대조차 되지 않을 것이 뻔했기 때문이다.

목숨이 아깝지 않다면, 그리고 바보가 아니라면 굳이 무림인의 심기를 불편하게 만들 리 없었다.

그런데 지금 자신들이 그 무림인을 건드려 버렸다.

다리병신이라 놀리고 그의 돈을 갈취했고, 그의 친구를 때려눕혔다.

그 탓에 지금 자신들의 우두머리는 게거품을 물고 구석에 처박혀 있는 상황이다.

"돌려줘, 은자 한 냥."

꿀꺽―

조용한 소월의 읊조림에 무뢰배 녀석들의 목젖 위로 마른침이 넘어간다.

"아, 아가······."

"나, 나리······."

놀라움 가득한 눈으로 소월을 바라보는 추 노인은 물론, 금 방이라도 죽을상이 되어버린 무뢰배들의 극존칭어까지.

인원이 많아 한 번쯤 덤벼볼 생각도 했을 법한데도, 소월의 장력 한 번에 그들의 사기는 이미 땅을 기고 있어 누구 하나 나서지 못한 채 고개 숙일 뿐이었다.

"지독한⋯⋯."

소월의 지독함에 놀란 것은 멀찌감치 소월을 감시하던 천방제의 연성지 또한 마찬가지였다. 다른 이가 어깨뼈를 맞춰주는 것과 스스로 맞추는 것은 아픔의 크기는 물론 그 느낌이 확연이 달랐다.

'고작 열여섯 살이라는 녀석의 눈빛에 어찌 저런 독기가 서릴 수 있단 말인가.'

도대체 어떤 일을 겪으면 인간이 저리 독한 눈빛을 가질 수 있는가? 저 어린 나이에 대체 어떤 일들을 겪었기에⋯⋯.

'장각님이 경계하시는 것도 무리가 아니군.'

구구구!

진소월이 무뢰배들과 마찰을 벌이고 있을 동안 천방제의 남은 두 명은 급히 소월을 찾았다는 내용이 담긴 전서구(傳書鳩)를 날려 보냈다.

푸드득!

사내의 손에서 떠난 비둘기는 하늘 위로 힘차게 날갯짓하며 날아올랐다.

빠르면 일주일, 늦어도 보름 안에는 분명 천방제 본 방에 소식이 전해질 것이다.

"……좋아."

"장각님, 그 물건이 어떤 것이기에 이제 곧 무림맹 입성을 앞둔 진가의 진환륜이 이리 집착하는 것인지 궁금하지 않습니까? 어떤 비급일 것이라는 추측뿐이라……."

"무릇 비급이라 불리는 것은 어떤 것을 막론하고 어느 정도의 값어치가 있지만 이것은 특별한 것이라 들었다. 들리는 소문에 의하면 혈쟁 때에 나타난 멸(滅)에 관한 것이라 하지만……."

"멸이라 하셨습니까?"

"멸을 아느냐?"

"어릴 적 들은 적이 있습니다. 하나, 그 누구도 알아선 안 되고 알려지지도 않은 것이라 들었습니다. 제게 그 이야기를 해주었던 이 또한 얼마 안 가 목이 달아났습니다."

장각 역시 조용히 입술에 손가락을 얹었다.

"그렇다. 주어작청야어서청(晝語雀聽夜語鼠聽:낮 말은 새가 듣고 밤 말은 쥐가 듣는다)이라 했다. 나 또한 멸에 대한 자세한 것은 알지 못한다. 들려오는 작은 풍문으로만 전해 들었을 뿐. 마(魔)가 관련됐다는 소문도 있지만… 여하튼 너희 또한 이 일이 성사될 때까지 언행을 조심하라."

"예."

스슥—

전서구를 날린 두 사람은 마치 그곳에 없었던 것처럼 연기 같이 조용히 사라졌다. 그들 또한 엔간한 고수라는 것을 알 수 있었다.

한데, 두 사람이 사라진 직후,

파득! 파득!

"……!"

그리 멀지 않은 곳에서 기세 좋게 날갯짓하며 산허리를 넘어가던 비둘기가 돌연 몸을 부르르 떨더니 땅 아래로 곤두박질치기 시작하는 것 아닌가!

끄르륵!

날개를 퍼덕이지 못하고 그저 울기만 하는 것으로 보아 분명 뭔가 잘못된 것이 분명했다. 그것은 마치 하늘 위로 솟구친 연의 실타래를 억지로 감아 끌어내리는 모습이었다.

탁!

그렇게 숲 안으로 떨어져 내린 비둘기는 한 노인의 손에 잡혀 꼼짝도 하지 못했다.

구구구!

날아다니는 새를 떨어뜨리다니. 그것도 그 목숨을 취해서 잡은 것이 아니었다.

노인은 알 수 없는 힘으로 살아 있는 비둘기를 그대로 끌어당긴 것이었다.

"이놈아, 그리 떨지 마라. 너를 잡아먹으려 하는 게 아니니까."

    만약 이것이 노인이 의도한 대로 일어난 것이라면 그의 힘
은 실로 무서운 것이 분명했다.

    화륵—

    이어, 비둘기 다리에 묶인 쪽지를 읽어 내린 노인은 그대로
쪽지를 손안에서 태워 버렸다.

    "그럼 그렇지, 이 늙은이의 눈이 아무리 썩었어도 잘못 볼
리가 없지. 역시 그놈이 진소월이로구나. 고얀 것! 이 몸의 눈
길을 피하지도 않고 그런 거짓을 고할 수 있다니. 크크!'

第三章
운명의 비(悲)

劍帝 진소월

소월이 장산패 소굴로 들어갈 때만 해도 뉘엿뉘엿 지기 시작하던 붉은빛의 하늘은 어느새 어두운 천을 휘감고 있었다.

터벅— 터벅—

차박차박—

장산패 소굴을 나온 소월과 그의 뒤를 조심스레 따라나선 추 노인의 거리는 좀처럼 좁혀지지 않았다.

몇 번을 말을 꺼내려다 망설이기를 반복하던 추 노인이 결국 소월을 향해 조심스레 입을 열었다.

"이 늙은이 때문에 어린 네가 험한 꼴까지 당했구나."

"그런 말씀 마십시오. 할 수 있는 일을 했을 뿐입니다."

당연하다는 소월의 대답에 추 노인의 얼굴은 붉게 물든다.

추 노인은 오늘같이 어둡고 가슴 뛰던 그날 밤을 기억했다. 소월이 밤마다 사라지는 것이 궁금해 조심히 뒤를 밟고, 결국 소월의 얼굴이 그려진 수배지를 보게 된 그날.

"아가……."

그리고 소월이란 이름 밑에 쓰여 있던 어마어마한 가격을.

"예."

인간이란 참으로 간사하다.

제 혈육처럼 아낀다 하던 말은 눈앞의 황금에 눈이 멀어버리고, 제정신을 찾고 나면 언제나 그렇듯 후회를 하고 또 하지만, 그 후회마저 시간이 지나면 자신을 정당화하기 위한 변명을 만드는 도구로 전락할 뿐이다.

"무공은 어디서 배운 것이냐? 놀라웠단다."

"무공이라 할 것도 아닌 수준입니다."

"괜히 감춰야 하는 걸 끄집어낸 건 아니더냐? 이 늙은이 때문에."

'감추어야 하는 무공'이라는 대목에서 추 노인은 자신의 입을 급하게 닫았다.

소월 또한 말을 잠시 아꼈다.

"……."

"……."

두 사람 사이에 잠시 무거운 침묵이 흘렀다.

추 노인은 조심스레 소월의 눈치를 살폈지만 그는 짐짓 아무렇지 않게 말을 이었다.

"어르신은… 제가 이곳에서 유일하게 감사해하는 분입니다. 생명의 은인이자 말벗이 되어주신 분입니다."

"……."

소월의 말에 추 노인은 눈가가 찡해왔다.

왜 자신은 수배지를 보게 되었을 때 그에게 먼저 묻지 않았던가.

왜 눈앞의 황금에 혹하여 이젠 돌이킬 수 없는 죄를 저지르고 말았는가.

"그, 그래, 그럼 내일 보자꾸나. 조심히 들어가거라."

"예, 저는 산 입구 뒤편의 작은 동굴에서 지내고 있습니다. 언제 한번 오시면 낚시라도 가르쳐 주십시오."

"그래… 꼭 그리하자꾸나. 커다란 아주 커다란 놈을 낚아 배 불리 먹자꾸나."

"……."

두 사람의 대화엔 왠지 모를 슬픔이 배어 있었다.

두 사람 모두 겉으로 내색하진 않았지만 알고 있었다.

소월이 자신의 동굴 이야기를 한 것은 떠날 것을 말하는 것이었고, 추 노인이 별 의문 없이 그 말에 대답한 것은 그런 소월의 마음을 알았기 때문이다.

"……아가."

"……."

소월과 눈을 마주한 추 노인은 몇 번 입을 달싹이더니 이내 고개를 숙였다.

"아, 아니다. 내일 보자꾸나."

"……."

그리고 아랫입술을 꽉 깨물었다. 어차피 길어야 이 년의 길지 않은 인연이었다. 이미 저질러 버린 일이라고 그리 생각하는 것이 마음이 편했다.

"예. 그럼… 내일 뵙겠습니다."

작게 고개 숙여 인사하는 소월을 추 노인은 등졌다.

이젠 다시 그를 볼 일은 없을 것이다. 소월 또한 말없이 걸음을 재촉하는 추 노인의 뒷모습을 바라보았다.

"……오래도록 건강하십시오."

소월의 마지막 말이 추 노인의 귓가에 닿은 것일까?

그는 잠시 걸음을 멈췄지만 이내 어두운 골목 안으로 걸음을 재촉했다.

'미안하구나, 미안해.'

터벅— 터벅—

추 노인과 헤어진 소월의 발걸음이 점점 격하게 변했다.

"……."

그 격한 발걸음에 산의 입구에 들어서기가 무섭게 속력이 붙었다. 돌을 밟고 나무뿌리를 피해 계속 걸어나간다.

타닥! 타닥— 탁탁탁!

자칫 잘못해 몸을 크게 휘청했지만, 그는 아랑곳하지 않고 동굴로 내달렸다. 마지막 헤어지는 그 찰나에 추 노인에게서 아니길 바랐던 것을 느꼈기 때문이다.

"헉, 헉……."

숨이 목까지 차고 올라 입 안 가득 단내를 냈다.

심장은 터질 것만 같고, 왼쪽 무릎이 시큰거렸다. 빠진 어깨는 억지로 맞춰놓았지만 그 통증만큼은 좀처럼 가시지 않았다.

'이럴 시간이 없다. 어서 밤이 지나기 전에 이 마을을 벗어나야 한다.'

평소보다 몇 배는 빠르게 걸음을 재촉한 소월은 동굴에 들어서자마자 아버지가 남겨준 비급을 품에 갈무리했다. 다른 것들이라 해봐야 잡동사니였으니 챙겨갈 것은 오직 이것뿐이다.

슥—

추 노인과 헤어질 때까지만 해도 주변의 기척은 없었다.

아직 누군가가 따라붙었다는 낌새는 없다. 그렇다면 아침나절 전에만 이곳을 벗어나면 자신은 안전할 것이라는 생각이 들었다.

그러나 그것은 크나큰 착각이었다.

소월이 동굴을 나서자마자 음산한 목소리가 그를 반겼다.

"그래, 쥐새끼같이 어딜 가나 했더니만…… 이곳에 비급이 있는 것이로구나."

"……!"

의기양양하게 자신을 바라보는 세 사내는 칠흑 같은 흑장포를 몸에 둘러싸고 있었다. 그들의 눈빛에서는 소월이 발을 떼지 못할 정도로 날카로운 살기가 뿜어져 나왔다.

오늘 오전부터 계속 그를 감시해 오던 천방제의 세 사람이었다.

"어, 어떻게……."

간신히 입을 뗀 소월이 가소롭다는 듯 양정련은 말을 자르고 실소를 날렸다.

"킥! 한낱 어설픈 발경 하나만 믿고 나대는 나부랭이가 어찌 우리의 기척을 알리오."

"……."

소월은 얼굴을 굳혔다.

"우리가 누군지 아느냐?"

"모르오……."

"너를 찾기 위해 천방제에서 왔다."

"!!"

그렇다, 자신은 간과하고 있었다.

자신의 무공이 장산패 같은 무뢰배들이나 간신히 상대할 정도의 걸음마 수준인 것을.

고작 그런 실력으로 무슨 기척을 알아챈단 말인가.

'이들이 바로, 말로만 들었던 살수라 불리는 자들…….'

그야말로 가소롭기 짝이 없는 환상에 빠졌던 것이다.

어쩌면 발경의 성공으로 알게 모르게 들떠 있었던 것일지도 모른다.

딱딱하게 굳은 얼굴로 자신들을 바라보는 소월을 보며 장각이 물었다.

"너의 소재를 알려준 자가 누구인지 알고 있느냐?"

분명 자신들의 입장에선 보잘것없는 무공 실력을 가진 소월이었으나, 살수에게 있어서 방심은 그 무엇보다 무서운 것이다.

확실한 성공을 위해선 상대를 심적으로 흔들어야만 했다.

"모르오."

소월 역시 '모른다'고 대답했으나 의심 가는 이는 분명 있었다. 제발 그가 아니길 간절히 바라는 마음에 거짓을 내뱉었으나……

"……"

그것은 현실을 외면하는 몸부림일 뿐이었다.

"너와 늘 같이 있던 추 노인이라는 자다."

소월은 고개를 숙였다.

그래, 결국 이리될 운명이었다.

진소월이라는 이름을 들은 추 노인의 눈빛을 마주 봤을 때 이럴 것이라 생각했다. 설마라는 작은 기대를, 혹시나 하는 기대를 걸어보았지만 모두 허사였다.

"그리 놀란 것 같지 않구나. 알고 있었단 소리군. 나 역시 이제 갓 소년을 벗어난 너의 목숨을 뺏는 것은 내키지는 않다. 하나 어찌하겠느냐. 너의 운명이 그러한 것을."

착잡함을 담은 장각의 말에 돌연 소월은 고개를 들어 입꼬리 세운 실소를 내뱉었다.

"키, 키키킥! 운명이라고? 킥, 킥킥킥……."

비웃는 듯한 소월의 웃음에 눈을 부릅뜬 양정련이 노성을 질렀다.

"이놈! 죽는 게 두려워 결국 미쳐 버렸구나!"

장각 역시 소월의 그런 반응에 놀란 표정이었다. 하나 그것은 양정련과는 다른 놀라움이었다. 어찌 자신이 죽을 것이란 소리에 저리 비웃음을 흘릴 수 있는가?

"너, 지금 어찌하여 웃은 것이냐?"

"어찌 웃지 않을 수가 있겠소."

소월은 그 의미심장한 웃음을 지우지 않은 채 말을 이었다.

"운명… 또 그 지겨운 운명! 내가 이리 태어난 것도 운명! 내가 원하지 않았음에도 아버지를 잃고 누이를 지키지 못했던 것… 내가 이것을 가져야 했던 것도 운명! 이 모든 것이 또 그 잘난 운명 때문이라는데!! 그, 개 같은!! 개 같은 운명!! 운명!! 운명 때문이라는데!!"

열여섯 그 어린 소년의 입에서 터져 나온 절규는 고요했던 산을 뒤흔들었다. 소월의 절규는 그와 마주한 사내들마저 한 발짝 물러서게 할 박력을 뿜어냈다.

'무, 무엇이냐. 이 온몸을 찌르는 듯한 독기는.'

그 독기 서린 눈빛이 단 한순간이지만 그들의 등줄기를 오싹하게 만들었다.

풀벌레 소리는 더 이상 들리지 않았다.

불어오는 바람에 흔들리던 나뭇가지도 움직임을 멈췄다.

탁!

"……?"

"하앗!"

그 움직임이 멈췄던 찰나의 순간, 소월은 자신의 모든 것을 걸고 눈앞의 장각에게 달려들었다. 그것은 얼핏 보면 방심한 틈을 타 기습을 감행한 무모한 행동처럼 보였다.

쉬릭!

재빨리 뻗어 내린 소월의 손에 미세한 공력이 깃들어져 갔다. 무뢰배 두목을 날려 버린 그 발경(發勁)이었다.

"어리석은!!"

그러나 소월의 어쭙잖은 발경 따위가 천방제의 살수들에게 통할 리 만무했다. 재빨리 장각의 앞으로 튀어나온 연성지가 단박에 소월의 발경을 맞받아쳤다.

퍼억!

"큭!!"

두 사람의 손이 맞부딪치자 둔탁한 소리와 함께 소월의 어깨가 또다시 나갔다. 하나, 그것만으로 끝이 아니었다.

"네놈이 자초한 일이렷다!!"

부우웅!!

손바닥을 맞댄 연성지가 내공을 쏟아내자 소월의 팔을 타고 엄청난 기운이 몰아치듯 밀려들어 왔다.

"크악!"

연성지의 공력을 당할 재간 없는 소월의 오른팔이 괴이하게 꺾였다.

뚜두둑!

그의 뼈마디가 으스러졌다. 공력 싸움을 전혀 뒷받침하지 못하는 육체를 가진 소월로서는 당연한 결과였다.

터엉!

소월은 실 풀린 인형처럼 튕겨 먼발치의 수풀까지 날아가 처박혔다.

"어리석은. 자포자기할 줄이야……."

"킥— 볼 것도 없이 즉사했겠군. 시신을 찾아 수급을 떼내어 증거로 가져가야 한다."

보통 인물이라면 천방제 살수의 장력을 맞은 것만으로도 그 자리에서 즉사할 것이 분명했다.

하나, 소월과 공력을 맞댄 연성지는 뭔가 석연치 않다는 듯 고개를 갸웃했고 그것을 이상하게 여긴 장각이 물었다.

"왜 그러느냐?"

"이상합니다."

"무엇이 말이냐?"

"저 소년, 제가 내력을 실었을 때 교묘하게 자신의 공력을 거둬들인 느낌입니다."

그러자 양정련이 비웃듯 입을 놀렸다.

"연성지, 너무 생각이 깊구나. 전력을 다해도 상대가 될까 말까 한 애송이가 뭣 하러 공력을 거둬들여 제 목숨을 날린단 말이냐. 말도 안 된다."

"그것이… 저 역시 비급의 회수 때문에라도 만약을 위해 즉사할 정도의 공력을 내뻗지 않았습니다. 그럼에도 저리 날아간 것 하며, 마치 일부러 이것을 노렸다는 듯……."

끝말을 점점 흐리던 연성지는 순간 아차 하는 마음에 수풀을 돌아봤다.

소월이 날아간 것은 분명했다.

하나, 말 그대로 죽지 않을 정도의 공력이라면?

"…설마?"

"……."

다른 두 명 또한 거기까지 생각이 미치자 표정을 딱딱하게 굳혔다.

"제길!"

휘릭!

세 사람은 반의반신하면서도 소월이 날아 떨어진 숲으로 달려가 시야를 가리고 있는 풀들을 단칼에 베어냈다.

촤악!

"……?"

"이, 이런 병신같은."

어이없어하는 양정련이 바라보고 있는 곳은 베어진 풀밭 밑으로 나 있는 작은 땅굴. 그것은 어린 소년 하나가 지나다닐 정도의 작은 크기로 파져 있었다.

"애송이놈! 이것을 노리고 그런 무리수를 둔 것인가?"

"영악하도다. 목숨이 경각에 달린 순간에도 연성지가 비급을 위해 공격을 줄일 것까지 예상하다니. 남겨둬선 분명 후환이 될 놈이다."

아무리 생각해도 진소월이 만약을 대비해 파둔 것이 분명했다. 이 정도로 철두철미했던 녀석이 어찌 추 노인의 일처럼 작은 일에 발끈했던 것일까.

'정에 굶주린 늑대 새끼였던가.'

자식의 미숙함으로 소월을 놓친 꼴이 된 연성지는 거의 울상이 되어 있었다.

"허나 도발의 대가로 오른팔을 잃었고, 그 절룩이는 다리론 얼마 움직이지 못했을 것이다."

"제가 찾겠습니다. 허락해 주십시오."

"알았다. 단, 소년을 찾거든 휘파람을 크게 불어라."

장각의 허락이 떨어지기가 무섭게 연성지는 풀숲으로 몸을 날렸다.

"뒤늦은 손님 또한 소년을 찾는 것 같으니 분명 이곳에 발을 들였을 것이다. 한 번에 처리하도록 하지."

"제가 처리할까요?"

양정련의 물음에 장각은 뒤편의 우거진 숲을 돌아보곤 신중한 말투로 대답했다.

"아니. 상대가 어느 정도의 실력자인지 모르니 우선 지켜보도록 한다."

땅굴이 어디로 얼마나 파져 있는진 그들도 알지 못했다.

하나 한 가지 확실한 것이 있다면 그들은 일반 시종잡배가 아닌, 강호에서 다섯 손가락 안에 드는 살수집단 천방제라는 것이다. 아무리 땅굴이 길고 깊은들 이제 소월이 그들의 손아귀에서 벗어날 순 없을 것이었다.

"이런다고 우리 천방제의 손아귀에서 벗어날 수 있을 것 같은가, 소년."

천방제에서 장각의 위치는 중급 이상.

그만큼 많은 경험을 가진 인물이라는 것이기도 했다. 살짝 허를 찔리긴 했지만 모든 것이 어린 소월보다 월등할 것이다.

"연성지 녀석의 눈을 피하긴 힘들 겁니다."

소월을 찾아 나선 연성지의 신법은 천방제에서도 손에 꼽을 정도였다.

"운명은 벗어나지 못하기 때문에 운명이지……."

장각의 말엔 왠지 모를 아쉬움이 배어 있었다. 운명을 저주하듯 소리치던 소월의 모습이 그에겐 그만큼 놀랍고 강렬했다.

부스럭—

그 순간 반대쪽 수풀이 살짝 흔들렸다.

"누구냐!"

흔들리는 모양새나 크기로 봐서 들짐승은 아니다.

양정련이 빠르게 몸을 날려 수풀이 흔들린 곳에 냅다 검을 찔렀다.

그는 꽤나 다혈질이고 성격이 급해 상대가 홍정이나 회유를 걸 틈도 없이 일을 처리하곤 했다.

푹!

"히, 히익!"

그러자 수풀을 뚫고 한 사람이 다급히 뛰쳐나왔다.

사색이 된 얼굴로 양정련과 장각을 바라보는 이는 바로 추 노인이었다.

"아니 이게 누구신가. 새끼 쥐를 잡아야 하는데 늙은 쥐가 방해를 하는구려. 여긴 어인 일로 오신 거요? 새끼 쥐에게 도망가라 일러주기라도 하려던 것이오?"

조소를 지으며 장각이 말문을 열자 추 노인은 재빨리 품을 뒤져 무엇인가를 꺼내 들었다. 짤깍 하는 소리와 함께 추 노인이 꺼내 든 것은 금 세 냥이었다.

그것은 그가 소월을 밀고하고 천방제의 살수들에게 받은 돈이었다.

"이, 이… 돈, 돌려드리려 왔소."

"그건 노인장의 배신의 대가요. 왜, 그 금액이 모자라서 이러는 것이오?"

불쾌한 표정을 짓는 장각을 차마 올려다보진 못하고 추 노인은 겁에 질려 부들부들 떨면서도 계속해 말을 이었다.

"소, 소월이를 그냥 놔주시면 안 되겠소? 아직 어린아이요. 무슨 잘못을 했는진 모르나……."

"갑작스레 죄책감이라도 생겼단 말인가?"

고개를 떨어뜨린 추 노인은 그제야 깊은 한숨을 털어냈다.

"크흑, 그렇소."

피식—

그 모습을 비웃기라도 하듯 장각은 품에서 금자 하나를 꺼내 추 노인의 손에 올려놓았다.

"당신의 죄책감에 이 금자를 하나 더 얹어주리라."

삐익!

때마침 연성지의 날카로운 휘파람 소리가 나무 사이를 가르며 터져 나왔다.

"크크큭, 노인네. 쥐새끼가 잡혔소."

"암, 뛰어봤자 벼룩이지."

열여섯 살 어린 소년이 그들의 눈을 벗어나기란 애초에 불가능한 것이었다. 그러자 추 노인은 이번엔 기분 나쁜 웃음을 흘리는 양정련의 다리를 잡고 간청하기 시작했다.

"소, 소월이를 놔주시오! 제발 간청드리오!"

"거머리 같은!"

퍽—

"큭!"

추 노인을 걷어찬 양정련은 곧이어 검을 뽑아 들 기세였다. 하나, 장각이 그의 앞을 막아서곤 고개를 저었다.

"놔둬라."

"장 대장, 어차피 이 늙은이도……."

양정련의 말에 의미심장한 미소를 지어 보인 장각은 배를 움켜잡고 고통스러워하는 추 노인에게 다가가 작은 귓속말로 속삭였다.

"어서 가서 눈물겨운 상봉을 하셔야 하지 않겠소."

말을 마친 장각과 양정련은 그대로 휘파람 소리가 들리는 곳으로 몸을 날렸다.

'내가 어찌 이런 일을 저질렀단 말인가. 어찌……'

추 노인 또한 힘겹게 몸을 일으켜 휘파람 소리가 나는 곳으로 몸을 움직였다

그 눈이 점점 눈물로 가득 찬다.

눈앞의 욕심 때문에 자신이 이런 일을 벌이다니…….

"소월아……."

추 노인은 쥐고 있던 금자 네 개를 가만히 바라보다 힘없이 바닥에 떨어뜨렸다.

그의 걸음은 점점 빨라졌다.

퍽!

"큭!"

"그런 다리로 어딜 도망치겠다는 것이냐."

똑같다.

그들은 진환륜 그 가증스럽고 천하의 찢어죽일 녀석의 눈동자와 똑같은 눈으로 똑같은 웃음소리를 내며 소월의 뒤를 쫓았다.

"더 이상 마련해 놓은 길은 없나 보군. 그만 끝내자."

"녀석이 이 년 동안 저희를 그렇게 물먹인 것에 비하면 이

정도는……."

절름발이가 가면 얼마나 갈 것인가.

자신들의 손아귀에서 벗어날 수 없음에 소월을 장난감처럼 가지고 놀고 있었다. 그것을 알았지만 소월은 계속해서 내달렸다.

"어딜!!"

양정련은 웃는 낯으로 소월의 왼 다리를 칼자루로 내려쳤다.

빠!

"크윽!"

넘어진 그는 그대로 자빠졌다.

지익— 지익!

소월은 무작정 바닥을 기었다.

손바닥이 순식간에 만신창이가 되었다.

'이대로 죽을 수는 없다. 어느 것 하나 이루지 못한 채 비참한 죽음을 맞을 수는 없단 말이다.'

지익— 지익—

예전처럼 기어서라도 자신은 살아야 했다.

쉬익! 팍!

그러나 그 몸뚱이는 얼마 가지 못해 멈춰야만 했다.

"거기까지다, 소년."

눈앞에 날 선 검이 꽂혔기 때문이다.

연성지가 날린 검이다. 퇴로가 막힌 소월이 뒤를 돌자 이번엔 장각의 매서운 발차기가 그의 얼굴을 내리찍었다.

빽!

"커헉!"

이 년이라는 시간, 잊어야 했던 피에 젖은 흙이 또다시 소월의 입속으로 파고들었다.

"자, 말하라. 비급은 어디 있느냐?"

"나, 날 살려준다면 비급을 넘기겠소."

장각이 소월을 짓누르던 발을 떼자 양정련이 어이가 없다는 듯 앞으로 나섰다.

"호오, 감히 흥정을 하자는 건가? 명을 재촉하는구나."

"이대로 날 죽인다 해도 난 입 하나 뻥긋 안 할 것이오."

"이, 미친놈……."

그들의 협박에도 소월은 까딱하지 않았다. 오죽하면 말을 꺼낸 양정련의 입에서 미친놈이라는 말이 새어 나왔을까.

뻐억!

매서운 양정련의 발차기에 소월은 바닥을 나뒹굴었다.

"소년, 너의 입을 벌리는 고문은 수없이 많다. 그건 알고 있느냐?"

"……."

이어진 장각의 이야기에도 소월은 입을 열지 않았다.

다만 그들을 매서운 눈초리로 노려볼 뿐이었다. 오히려 그를 바라보는 장각이 마음에 긴장을 품었다.

'저 눈이다. 저 매섭고 도발적인 눈초리는 나조차 오한으로 뒤덮어 버리는구나. 그야말로 길들여지지 않은 늑대를 보는 느낌이다. 진환륜이 불안해하는 것도 무리는 아니로군.'

"버러지 같은 놈! 우선 먼저 네놈의 그 독기 서린 눈을 가져가도록 하마!"

차앙!

아니나 다를까, 더 이상은 두고 보지 못하겠다며 소리친 양정련이 칼을 뽑았다. 그리고 장각이 그의 행동을 저지하기도 전에 검을 휘둘렀다.

스악!

"……!"

양정련의 검은 가차없이 소월의 양쪽 눈을 베었다.

순식간에 소월의 눈앞이 어둠으로 물들었다.

게다가 베어진 실처럼 가느다랗던 화끈거림은 점점 얼굴 전체로 퍼져 엄청난 고통을 안겼다.

"으으… 으아아!!"

마치 용광로에서 건져 올린 불덩이를 눈 속에 박아놓은 듯한 고통이었다. 손을 들어 눈을 매만져 보지만 걸쭉한 핏물만 묻어 나올 뿐 앞은 전혀 보이지 않았다.

"이제 시작일 뿐이야!"

양정련이 또다시 검을 내려치려는 순간, 장각이 그 앞을 막아섰다. 양정련의 성질머리론 소월을 고문하기도 전에 죽일 것만 같아서였다.

"……내가 하지."

스릉—

장각의 예리한 검신은 내리는 달빛에 번뜩거렸다.

'손님은 아직인가.'

소월의 앞에서 멈춰 선 그가 무거운 목소리로 입을 열었다.

"어떠냐. 이것이 바로 보지 못하는 자의 공포다. 어디서 칼이 날아드는지, 네 목숨이 언제 끝날 것인지 모르기 때문에 더욱 두려울 것이다."

스칵!

말이 끝나기가 무섭게 소월의 오른쪽 손에 달려 있던 검지가 잘려 땅에 떨어졌다.

툭—

"끄……."

사악!

잘려진 손가락의 아픔을 느낄 새도 없이 이번엔 중지가 잘려 나갔다.

날 선 검에 손가락이 잘릴 때마다 소월은 미칠 듯한 고통의 몸부림을 참아야 했다. 여기서 또다시 비명을 지른다면 자신은 저들의 협박에 굴복하는 꼴이 되고 만다.

"끄으으……."

악문 잇새로 피가 흘러내린다.

새어 나오는 신음을 억지로 집어삼키는 소월을 보는 장각의 얼굴은 점점 딱딱하게 굳었다.

'독한 놈, 무엇이 널 이렇게 독하게 만드느냐.'

독하다.

독하다는 말로는 표현할 수 없는 의지이자 원망이다. 그 집념과 삶에 대한 욕망이 이렇게 괴롭히며 죽이기 미안할 정도이다.

"하아… 하아…….."

"비급의 위치를 말하지 않는다면 난 계속해서 너의 수족을 하나둘 끊어놓을 것이다. 비급의 방향을 말할 때까지 너를 편히 죽게 내버려 두지 않을 것이다."

죽어가듯 거친 숨을 내뱉는 소월이었지만 대답만은 단호했다.

"결코… 말하지 않을 것이오."

"그런가. 어쩔 수 없지. 내 앞서 말한 것과는 다르지만 너의 의지를 높이 사 그 목숨, 단번에 끝내도록 하마."

"장각 어르신!"

연성지가 불안스러운 태도를 보이자 장각은 그를 제지했다.

"됐다. 이 정도에도 굴복하지 않는다면 결단코 말하지 않을 것이야. 게다가 우리가 기다리던 손님은 숲 안엔 없는 듯하다."

"그러하시다면 동굴 쪽은 저희가 찾아보도록 하겠습니다."

"……."

뭔가 이들의 행동이 이상하다는 것을 소월은 그제야 느꼈다.

그러고 보니 그들은 자신을 언제든지 죽일 수 있음에도 이리 오랜 시간을 끌고 있었다. 어째서?

"가는 길에 마지막으로 알려주마. 내 너에게 듣고 싶었던 것은 네 품안의 들어 있는 책자가 비급인지, 아니면 그 동굴에 감춰둔 상태인지였다."

"……."

"아니면 또 다른 곳에 숨겨두었을 가능성도 본 것이지. 애초에 너와의 홍정은 생각지도 않았다. 하지만 너는 끝내 대답하지 않으니. 그것만은 너의 승리다. 그러나 너의 목숨을 취하는 것은 우리다. 그 싸움은 우리의 승리지."

팽팽한 긴장의 끈.

눈 깜짝할 사이에 자신의 목에 칼이 박혀 있을지도 모르는 오금이 저리는 순간이었다.

"머, 멈추시오!!"

처벅! 처벅!

귓가에 아련히 들리는 외침과 다급한 발소리는 환청이었을까.

"늙은 쥐가 이제야 등장했군."

푸욱!!

차가운 장각의 목소리와 검이 몸을 찌르는 소리에 소월은 보이지 않는 눈을 질끈 감았다. 이번엔 또 어느 곳이 불쏘시개로 찌른 아픔을 알려줄 것인가.

목? 가슴? 아니면 생각지도 못한 다른 곳?

"쯧, 어리석게도."

턱—

하나 소월의 예상과 다르게 그에게 날아든 건 날 선 칼이 아
니라 묵직하고 따스한 무언가였다.

"……?"

그것은 사람이었다.

어딘가 익숙한 냄새가 나는 사람이 소월의 품에 힘없이 떨
어진 것이다. 무슨 일인지 몰라 멍해 있는 그의 귓가에 가늘고
힘없는 목소리가 들렸다.

"소월아……."

"……!"

익숙한 목소리에 소월은 정신이 번쩍 들었다.

설마, 설마……?

소월은 보이지 않는 눈을 대신해, 떨리는 손을 들어 자신의
품에 쓰러져 있는 사람의 얼굴을 매만졌다.

"미안하구나……."

깡마른 광대뼈가 느껴진다.

푸석한 피부와 늘 자신에게 웃음 짓던 노인의 입술 또한 매
만져진다. 듬성듬성 빠져 거친 머리칼이 만져진다.

"하, 할아… 할아버……."

소월은 차마 말을 잇지 못했다.

자신의 가슴을 적시는 추 노인의 따스한 피가 사무치도록
느껴졌다.

"하아… 하아……."

이 년 동안 맡아온 추 노인의 입내가 코를 찔렀다.

"아… 아… 안 돼… 안……."

불타는 소월의 눈에서 무엇인가가 흘러내리기 시작했다.

눈물이다.

말을 잇지 못하고 추 노인의 얼굴과 등을 매만지는 소월의 볼을 타고 눈물이 쉼없이 쏟아져 내렸다.

"내 잠시 손자와 가족들을 생각하며 어찌 된 거 같구나. 내 곁에 이 어린것을 배신하고… 내가… 내가… 손자와 같은 너를… 내가 어찌 너를……."

참으려 이를 악물어보지만, 입술을 피나게 깨물어보지만 가슴을 때리는 슬픔은 결국 참지 못하고 오열이 되어 터졌다.

"살아다… 오……."

"아… 아… 안 돼… 안 됩니다!! 할아버… 안 돼… 안 돼!!"

실낱같이 이어져 오던 추 노인의 숨이 조금씩 사그라졌다.

안 돼! 안 돼! 안 돼!

개죽음이다.

그대로 자신을 버리고 갔더라면 그는 분명 보상으로 받은 돈을 가지고 그토록 그리워하던 가족에게 돌아갈 수 있었을 것이다.

고작 이 년.

이 년의 시간을 알고 지낸 타인 때문에 자신의 목숨을 이리 허망하게 던져 버리다니……. 어째서…… 어째서, 어째서!!

숨을 거둔 추 노인의 몸뚱이는 빠르게 식었다. 보이지 않는 눈을 두리번거리며 소월은 천방제의 살수들을 찾아 손을 휘저었다.

"당신들, 알면서… 이 노인장이 오는 것을 알면서!! 나를 감쌀 것을 알고서!!"

"그래, 우리 천방제가 너와 관련됐다는 소문이 나기라도 하면 질타를 받을 것이니 그 노인 역시 어차피 죽일 생각이었다. 그 시기가 지금은 아니었지만 말이다."

어찌 이리한단 말인가.

하늘은 어찌 이것을 그냥 보고 있단 말인가. 정말 하늘에 누군가 존재한다면 이리해선 아니 될 것이다.

어찌 이리한단 말인가!

"어찌 이럴 수가 있단 말이오!!"

"쯧, 단지 네가 세상을 모르는 것이다."

차가운 장각의 대답에 소월은 처음으로 무서움을 느꼈다.

고립된 세상. 지금 자신의 편은 그 어느 곳에도 없었다. 오직 혼자만의 세상. 자신을 위했던 또 한 사람이 차가운 주검이 되었다.

"이제 정말 끝내도록 하자."

달칵—

장각의 검이 달빛을 받아 번뜩인다.

추 노인의 죽음과 보이지 않는 눈.

여기저기 성한 곳 없는 몸뚱이로 소월은 이미 지칠 대로 지쳤다.

쉬이익—

자신의 머리 위에서 내려쳐지는 검이 가르는 바람 소리가 천천히, 아주 천천히 들려온다.

두근—

그 짧은 순간,

소월의 머릿속엔 살아온 생애가 주마등처럼 스쳐 지나갔다.

자신이 남들과 다른 몸이라는 것을 알았을 때의 자괴감, 사랑하는 누이와의 첫 외출, 아버님과 함께했던 서사에서의 시간, 불타는 가옥, 불러도 대답하지 않는 그의 유모와 자신의 손을 잡고 달리며 울던 누이의 모습,

그리고 진환류…….

자신이 낭떠러지로 떨어져 내릴 때 잡으러 손을 뻗던 진환류의 그 귀신같은 모습.

"으아아아!!"

분노로 가득한 소월의 절규가 보란 듯이 터져 나왔다.

이승에서 마지막으로 그가 내지를 수 있는 분노의 고함이었다.

하늘이 도운 것일까?

카앙!

소월의 고함 소리에 맞춰 쏜살같이 날아온 돌멩이가 장각의 검을 때렸다. 돌에 맞은 장각의 검은 크게 흔들려 소월의 왼쪽 귀를 살짝 베는 데 그쳤다.

투둑!

장각의 검이 남긴 선혈을 따라 화끈거림이 소월의 귓가를 가득 채울 무렵,

웬 노인의 혀 차는 소리가 들려왔다.

"쯧쯧. 어린놈이 고함 소리 한번 우렁차구나."

검을 내지르던 장각을 비롯한 두 사내가 자세를 가다듬고 목소리가 흘러나온 숲을 향해 시선을 돌렸다.

스윽─

"장 대장, 진짜 손님이 온 듯합니다."

연성지의 말에 장각 또한 작게 고개를 끄덕였다.

하지만 이리 가까운 곳에서 자신들을 내려다보고 있었음에도 기척 하나조차 알아차리지 못하다니.

혹 고수가 아닐까 하는 불안감이 장각을 엄습했다.

"놈! 나타났는가?"

양정련은 그답게 독기 서린 말투로 돌을 날린 상대를 옥박질렀다. 그러자 나무 위에 걸터앉아 있던 이가 어이없다는 표정을 지어 보였다.

"놈이라니? 내 딱 봐도 목소리가 늙은 데다가 보기에도 노부가 아닌가! 그런 이에게 다짜고짜 놈이라 하다니 너야말로 건방진 놈이로다! 천방제라 했더냐? 어디, 예전 썩은 덩어리인 사흑련(死黑連)과 견주어도 손색없는 살수단인지 보자꾸나!"

"어디서 주책없는 늙은이가 어쭙잖은 재주로 이 일에 끼어드느냐!"

"네놈은 싹수가 샛노라니 팔 하나 정도는 받아가야겠다. 아

깝다면 피하는 것이 좋을 게다!"

쉬이익!

노인은 말이 끝나기가 무섭게 팔을 뻗어 장력을 발산했다.

그러나 그 속도는 무공 좀 한다는 사람에겐 하품 날 정도로 느렸다.

그에 기세가 등등해진 양정련은 일갈을 내뱉었다.

"홍! 이런 굼벵이 같은 걸 뭐 하러 피한단 말이냐!"

그야말로 눈 뜨고 피하라는 신호와 같았지만 양정련은 기세 좋게 노인이 날린 장력을 맞받아쳤다.

퍼퍽!

"크, 크헙!"

그러나 그것은 양정련의 오산이었다.

장력의 속도가 느린 것은 말 그대로 괴노인이 양정련에게 피하라 던진 것이었기 때문이다.

"쯧, 멍청한 놈. 분명 피하라고 귀띔해 주었거늘."

그걸 모른 채 상대의 역량으로 판단, 기세가 등등해진 것이다.

뿌각!

"크악!"

그 결과 양정련은 팔 한쪽이 부서지는 끔찍한 뼈 소리를 내며 바닥을 뒹굴었다. 장력의 충격은 오장육부를 흔들었고, 바닥을 구르던 양정련은 입에서 선혈을 토했다.

그걸로 끝이 아니었다.

치이익―

"크아악!! 파, 팔이!!"

장력을 맞받아친 그의 팔이 빠르게 보랏빛으로 물들어가기 시작한 것이다. 엄청난 고통에 양정련의 다물어지지 않는 입에선 비명이 끊이지 않았다.

"크아아!! 내 팔! 내 파아알!!"

"도, 독공(毒功)?"

"양정련!! 우선 혈의 움직임을 멈춰야 한다!"

탁, 탁! 탁!

양정련은 다급히 독이 퍼지지 않도록 혈도를 제압해 보았지만 보랏빛 물결을 막을 순 없었다. 손바닥에서 시작된 변화는 금세 팔뚝을 넘어 어깨를 향해 올라섰다.

"어, 어째서?"

"혈도는 막혔을 텐데?"

'혈도를 막는 것으론 전혀 쓸모가 없다. 독공이 분명하지만 혈도의 제압조차 무시해 버리는 이런 악랄한 무공이 있다니!'

거기까지 생각이 닿은 장각의 안색이 돌연 창백해졌다.

분명 노인장이 뻗은 손바닥은 보랏빛을 띠고 있었다. 게다가 그 장력의 느릿한 움직임. 설마……?

"서, 설마?"

장각은 곁에서 안절부절못하고 있는 연성지에게 소리쳤다.

"양정련의 팔을 잡아! 어서!"

"파, 팔을 말입니까?"

스경!!

연성지가 양정련의 팔을 잡아 들자마자 장각이 단칼에 베어 버렸다.

촤악!

"흐아아아!!"

팔이 떨어져 나간 양정련의 어깨에서 피가 분수처럼 쏟아져 내렸지만 연성지가 재빨리 혈도를 짚어 더 이상 피가 빠져나가는 것은 막아낼 수 있었다.

"내, 내 팔이… 내 팔이… 크으으……."

순식간에 팔이 잘려 나간 양정련이 고통에 신음하던 때,

치이익!

괴팍한 노인의 장력을 맞받아치는 바람에 땅에 떨어진 양정련의 팔이 보랏빛 연기를 내뿜으며 서서히 녹아들기 시작했다.

"……!!"

"……?"

그 모습에 연성지는 놀라 뒤로 물러나면서도 벌려진 입을 다물지 못했다.

"이, 이런 지독한 독기가 나올 정도라니……."

그리고 양정련의 팔을 잘라 버린 후로도 좀처럼 창백해진 얼굴에 핏기가 돌아오지 않던 장각은, 때마침 구름을 벗어난 달빛 아래 비춰진 괴노인의 용모를 보곤 탄식을 내뱉었다.

"서, 설마……."

그리곤 두려운 눈빛과 떨리는 목소리로 상대에게 조심스레 물었다.

"당신은 혈수마제 주문중?"

"주문중? 이 노부가 네놈들의 친구더냐?"

위압적인 말투로 입을 연 노인의 대답에 장각의 얼굴이 더욱 창백해졌다. 덩달아 연성지와 양정련 또한 그 자리에 멈춰 놀란 표정으로 괴노인을 올려다보았다.

혈수마제 주문중이라니!

第四章
새로운 생(生)

劍帝 진소월

노인은 자리 잡은 나뭇가지 위에 걸터앉은 채 천방제의 살수들을 노려보았다. 우렁찬 목소리만 들었을 땐 결코 노인임을 알지 못했을 것이다.

　부리부리하지만 흰 눈썹이 그것을 증명해 줬다.

　게다가 노인의 눈에서 뻗어나오는 매서움은 마치 맹호의 살기와 같았다. 그런 그와 눈초리를 마주하며 몸을 움츠리지 않을 자가 과연 몇이나 있을 것인가.

　"어디서 뚫린 입이라고 시궁창 같은 아가리를 놀려 내 이름을 함부로 내리까느냐! 헛바닥을 뽑지 않은 걸 다행히 여겨라."

　노인의 정체를 알고 나자 그의 말 한마디 한마디에 살기가 담겨 있는 것 같아 천방제의 세 사람은 감히 말대꾸조차 할 수 없었다.

'말도 안 돼. 그 살인귀가 아직 살아 있단 말인가?'

그는 지금으로부터 삼십여 년 전에 일어난 혈쟁의 산증인이 자 중심에 있던 인물 중 하나이다.

손이 뻗는 곳마다 핏물을 만들어낸다 하여 혈수마제라 불리 는 주문중, 그는 혈쟁이 끝나고 정파와 사파는 물론 마교에서 까지 공적으로 취급받는 신세가 되었다.

무림인들에겐 한때 이런 소리가 나돌 정도로 그의 광기는 유명했다.

'그를 만나면 절대 눈을 마주치지 말 것이다. 가장 좋은 방 법은 그와 마주하지 않는 것이며 거리를 십 보 이상 벌려놓는 것이다.'

모두가 탐내는 무공을 가진 실력자이자 현 무림 전체를 통 틀어 다섯 손가락 안에 든다는 무림의 절대고수.

다만 그의 독문무공이 너무나도 잔악한 결과를 가져오기에 무림인들의 존경보단 두려움의 대상이었다.

마교에서조차 그의 독문무공에는 한 수 접는다는 소리가 있 을 정도이니 그 위력이 어느 정도인지는 말하지 않아도 될 것 이다.

"어째서… 여기에……."

그런 그가 어떻게 갑자기 이곳에 나타난 것인가.

아니, 그 역시 분명 이 진소월이라는 소년에게 용무가 있는 것이다. 그러하다는 것은 마을에서부터 자신들을 따라온 자가 혈수마제란 말인가?

'설마… 그렇다면 일부러 우리들이 자신의 기척을 느끼게 하여 소년이 있는 위치를 손쉽게 알아낸 것인가? 우리가 자신을 유인하여 함께 처리할 것을 알고?

"호오, 보자. 내 이름을 추측할 수 있고 안색까지 변한 것을 보아하니 네 녀석은 날 좀 아는 모양인데……. 지난 이 년여 동안 내 기척 하나 알아채지 못하던 것들이 오늘 조금 흘려줬더니 좋다고나 이 몸을 불러들이는 꼴이란……. 쯧!"

아니나 다를까.

장각의 생각은 한 치의 오차도 없이 맞아떨어졌다. 하지만 자신의 생각이 맞은 것에 대해 기뻐할 수 없었다.

잘못했다간 정체절명의 위기가 될 판이었다.

주문중의 괴팍한 성격은 이미 무림인들에게 알려질 대로 알려진 바. 그 심기를 함부로 건드렸다간 순식간에 핏물이 될 것은 뻔했다.

장각은 최대한 예의 바르게 두 손을 공손히 모으고 입을 뗐다.

"방금 제 동료의 팔을 핏물로 만든 무공은 제 짧은 식견으론 분명 혈수마제 주문중 노사의 독력장(毒力掌)인 것으로 압니다. 진정 노사께서 혈수마제 주문중이십니까?"

"흠, 이제부터 보면 알 것이다."

장각은 눈썹을 꿈틀했다. 제아무리 혈수마제라 하지만 상대

가 예를 차리는데 파리새끼마냥 내리깔아 보는 모양새라
니⋯⋯. 하지만 어찌하겠는가. 섣불리 심기를 드러냈다가 그
자리에서 요절나는 것보단 이것이 몇 배는 나았다.

'저 오만한 말투는 정말 명성 그대로다. 정말 주문중이라면
이 자리를 피하는 건 불가능에 가깝다. 어떻게 해서든 비위를
맞춰야 한다.'

장각은 다시 한 번 허리를 굽혀 공손함을 표했다. 이어 연성
지까지 덩달아 예를 표했다. 하나, 양정련은 주문중을 힐끗거
리며 쏘아보고 있었다.

어찌 자신의 팔을 날린 자에게 예를 갖추겠는가. 몸은 그리
움직여도 사람의 마음은 그리되지 못할 것이다.

'거, 겁도 없이⋯⋯ 저런 멍청한!'

장각은 양정련의 행동에 화들짝 놀랐으나 나설 자리를 찾지
못해 속으로 발을 굴러야 했다.

자신과 다르게 이 두 후배는 주문중이라는 무인을 그저 말
로만 전해 들었기 때문에 그가 얼마나 무서운 인물인지 알지
못할 테니까.

"명성이 자자한 무림 대선배에 대한 무례를 용서하십시오.
저희는 천방제의 살수들입니다."

"명성이 자자해? 무림의 공적 취급을 받는 내가? 크크크!
거, 닭살 돋는 소리지만 오랜만이라서 그런지 나쁘진 않구나."

다행히 장각의 입이 마르지 않는 칭찬에 주문중의 기분은
한풀 누그러 든 것 같았다.

하지만 방심은 금물. 말 한마디 한마디를 조심스레 꺼내놓을 때마다 장각은 마치 맨발로 살얼음판을 걷는 느낌을 받았다.

"저희의 목적은 이 소년 하나뿐입니다. 뜻하지 않은 오해로 심기를 불편하게 해드린 점, 사과드립니다."

"흠, 내 심기를 불편하게 한 건 사실이지. 하지만 그리 공손히 나온다면 뭐, 봐주지 못할 것도 없다. 그나저나 내가 너희보다 이 소년과 얘기를 나눠야 할 듯하구나."

휘릭! 탁.

나무에서 사뿐히 뛰어내린 주문중은 만신창이가 되어 쓰러진 소월을 향해 다가갔다.

"……."

눈이 보이지 않는 소월로선 이 상황이 어찌 되는지 도저히 알 길이 없었다. 다만 지금 나타난 주문중이라는 이가 자신의 아버지가 찾아가라 했던 그 사람이었다는 것만은 잊지 않고 있었다.

그런 그가 이곳에 있다는 것은 자신을 구해주기 위해 온 것인가?

"어, 어르신……."

"쯧쯧, 완전 만신창이가 되었구만. 거두절미하고, 내가 너에게 온 이유는 이거다."

소월의 부름을 간단히 무시한 그가 품 안에서 꺼내 든 것은 손가락 두 마디 정도 크기의, 흰 서리가 내려앉은 아름다운 눈송이 같은 작은 환약이었다.

"보아라, 이것은 이 무림 안에서 탐내지 않는 이가 없다 전해지는 전설의 내단 천금신룡단(天擒新龍丹)이다. 무림맹과 구대문파의 늙은이들도 이 내단을 마주한다면 아마 탐욕에 찌들을 정도로 귀한 것이지. 뭐, 네놈 눈까리에서 흐르는 피로 보아 보이지도 않겠고 네가 이걸 지금 먹는다 해도 저들에게 죽임을 당하겠지만."

소월은 주문중의 말에 혼란스러움을 감추지 못했다.

이것은 지금 자신을 도와주겠다는 것인가, 아니면 그저 이 상황을 약 올리며 즐기겠다는 것인가.

"처, 천금신룡단이라 하면……."

뒤편에서 이리하지도 저리하지도 못한 채 발만 동동 구르던 천방제의 세 사람은 천금신룡단이라는 말이 나오자 그 자리에 못 박힌 듯 굳어 움직이지 못했다.

"전설로만 들리던 그 영약이 어찌……."

꿀꺽―

양정련은 물론이오, 이제 갓 강호에 몸을 담은 연성지까지 마른침을 삼켰다.

천금신룡단.

무림인이라면 꿈에서도 탐낼 영약이다.

저 손가락 한 마디만 한 영약을 만들어내기 위해 필요한 재료는 오직 두 가지뿐.

바로 만년설삼(萬年雪蔘)과 만년지극혈보(萬年地極血寶).

이 중 한 가지만 있어도 능히 입이 벌어질 일인데, 이 두 가지를 이용해 만들어낸 것이 바로 천금신룡단이었다.

만 년 동안 눈이 녹지 않는다는 산속에 그 뿌리를 두고 있는 만년설삼과, 만 년을 녹아 형성된 만년지극혈보를 이용해 음과 양의 조합을 최상으로 이끈, 그야말로 내단 중의 내단이었다.

'저런 귀한 것이 어찌…….'

"어르신! 도와주십시오!"

소월의 다급한 간청에 장각의 얼굴이 일그러졌다.

만약 저 늙은이가 이 일에 개입해 버린다면 그걸로 끝이다. 어떻게 해서든 그것만은 막아야 했다.

장각이 조심히 앞으로 나서려는 순간, 소월의 간청을 주문중은 퉁명스레 대했다.

"내가 왜 너를 도와줘야 하느냐? 나의 용무는 이것뿐이다. 내가 저 새까만 후배들의 목숨을 거둬들이면서 너를 살려줘야 하는 이유가 있느냐?"

"가문이 몰살당했습니다! 제 숙부에게!!"

소월의 간절함을 담은 말이 이어졌으나 주문중의 대답은 여전히 냉소적이었다.

"알고 있다. 네가 이곳에서 이러고 있다는 것이 그 증거가 아니겠느냐. 게다가 너를 죽이고 저 녀석들이 가져가려는 비급 또한 진환류, 그 어린놈이 사주한 것이겠지."

"……."

소월은 말문이 막혔다.

노인은 모든 상황에 대해 알고 있었다. 그러했기에 노인이 자신을 찾아 이 숲에 온 것 또한 이유가 있으리라고 생각했다.

하나, 아버님이 그런 것을 부탁할 정도라면 어느 정도 친분이 있을 것임이었음에도 저리 눈 하나 깜짝 안 하다니…….

'아니, 중요한 건 그게 아냐.'

어쨌든 지금은 무슨 짓을 해서라도 목숨을 구걸해야 하는 상황이었다. 그런 상황에 이런 잡생각을 하다니.

아직 멀었다.

"자, 이제 어떻게 하겠느냐? 무엇으로 나의 마음을 움직이겠느냐?"

"어르신, 비급을 드리겠습니다."

"그런 소문만 무성한 비급 따위, 없어도 아쉬울 게 없는 몸이다."

주문중이 딱 잘라 거절했으나 소월은 어떻게 해서든 이 기회를 잡아야 했다. 아비가 자신에게 맡긴 비급을 버리면서까지 말이다.

소월은 아비의 마지막을 떠올렸다.

자신을 따사로이 안아준 마지막 품을, 제 이름을 불렀던 목소리를, 그리고 진환륜에게 목숨을 빼앗기는 아비를 눈물을 집어삼키며 숨죽이고 바라봐야 했던 자신의 안타까움을 떠올렸다.

그의 꽉 물린 입술에서 피가 흘렀다.

"……제 목숨만큼 귀한 것입니다."

소월은 품에서 주섬주섬 비급을 꺼내 들려 했지만 안타깝게도 잘려진 손가락으론 비급을 잡을 수 없었다.

툭—

비급은 그대로 땅에 떨어졌다.

"저것이 바로!"

"……!!"

"연성지!"

쉬익!

연성지는 재빨리 달려가 비급을 낚아챘다.

주문중은 꿈쩍도 안 한 채 그들의 행동을 지켜보았다.

연성지는 자신도 모르게 한 행동에 놀라 은근슬쩍 주문중의 눈치를 살폈으나 주문중은 비급에 관심이 없는 듯 다시 소월에게 시선을 돌렸다.

"……."

양정련이 조심스레 장각에게 귓속말을 했다.

"비급을 회수했으니 이제 저 녀석만 죽이면 됩니다."

"……함부로 나서지 마라. 지금 비급을 낚아채는 것을 놔둔 것 역시 혈수마제가 다른 것에 관심을 두어서일 뿐이다."

확실히 그 말처럼 주문중은 그들이 비급을 가져가든 말든 별 관심을 보이지 않았다.

그는 자신 앞에 엎드려 있는 소월에게서 떨어질 생각을 하지 않았다. 소월과 주문중 두 사람의 대화가 이어졌다.

"방금 비급을 주워 간 녀석은 천방제의 어린 녀석이다. 비급이 목숨만큼 귀중한 것이라 하더니 너는 목숨을 그리 다루더냐?"

"……."

눈이 보이지 않는 소월로선 그것을 알 방도가 없었다.

주문중이 비급을 챙기고 거짓을 말할 수도 있고, 그의 말대로 천방제의 사람이 낚아챘을 수도 있다.

하나 지금은 그게 중요한 것이 아니었다.

"살고 싶습니다."

"저들도 살고 싶을 것이다."

주문중이 의미심장한 말을 던지며 자신들을 바라봄에 천방제의 살수들은 흠칫 몸을 경직시켰다.

"살고 싶습니다."

"……."

"살아서 제 아비를 죽인 자와 누이를 끌고 간 자, 자신의 욕심을 위해 제 가문을 버린 그자를 죽이고 싶습니다."

"겨우 복수 때문이더냐. 이 중원에서 너같이 복수를 다짐한 이들이 대체 몇이나 될 거라 생각하느냐?"

못마땅한 듯 혀를 차는 주문중에게 소월은 비는 것 외에 다른 뾰족한 수가 없었다.

주문중 또한 처음과 같이 딱 잘라 대답하지 않았다.

"……크흠."

그는 한참 동안 자신을 올려다보는 소월을 바라보았다.

두 손가락은 이미 잘려 바닥을 나뒹굴었고 두 눈에선 시뻘건 핏물이 떨어져 내렸다. 다리는 기이하게 꺾여 있어 온몸이 흙과 피로 범벅되어 있는 모습이었다.

'내 강호에 오래 몸을 담아왔지만 이런 녀석을 만나는 것 또한 처음이로구나.'

그러던 사이, 연성지가 빼앗은 비급을 받아 확인한 양정련이 신경질적으로 그것을 바닥에 내던졌다.

이어, 그는 소월을 향해 일갈을 내터뜨렸다.

"저, 저 교활한 놈이!"

양정련의 반응에 급히 비급을 주워 들어 펴본 장각과 연성지 또한 그것을 땅에 내던졌다. 부들부들 떨리는 주먹을 간신히 부여잡은 장각의 눈가엔 독기가 서렸다.

"왜 그러느냐? 그래, 마침 네 녀석들 수중에 있는 그 비급은 너희에게 주마. 나도 오랜 기간 동안 평범히 일상을 즐겼더니 마음이 좀 너그러워져서 말이지. 대신 이 아이를 살려줄 순 없겠느냐?"

"……."

"어르신, 이 비급엔 아무것도 쓰여 있지 않습니다. 저 교활한 녀석이 분명 어딘가에 숨겼을 것입니다. 부디 저희에게 맡겨주십시오!"

"그런가? 내가 보도록 하지."

"그럴 순 없습니다."

양정련은 괜한 고집을 피우듯 주워 든 비급을 내놓지 않았지만 주문중이 손을 뻗자 놀랍게도 비급이 손쉽게 빠져나와 주문중에 손에 턱 하고 날아들었다.

"허, 허공섭물?"

보면 볼수록 천하오절에 들 만한 충분한 실력을 가진 자다. 비급을 손에 넣은 주문중은 가늘게 뜬 눈으로 양정련을 응시하였다.

"그럴 순 없다고? 저 장각이란 놈을 봐서 이번 한 번만 참아주겠다."

'무, 무시무시한 살기다.'

양정련은 몸을 사시나무 떨 듯 흔들어댔다.

방금 전 그의 장력에 맞아 날아간 왼쪽 팔을 잡아 진정해 보려 하지만 그 떨림을 멈추기란 쉽지 않았다. 다행히도 주문중은 짧은 말만 하곤 잡아 든 비급을 펼쳐 살펴봤다.

무엇보다 속이 타는 사람은 장각이었다.

그리 주의를 주었건만 양정련의 행동력과 반발심은 이리 최악의 상황을 만들어냈다.

"경솔한 대답은 삼가라 했거늘."

"……."

양정련은 아무 말도 못한 채 고개 숙였다.

이것은 마치 뱀 앞의 쥐, 아니, 그보다 더한 꼴이 아닌가.

'이런 지미럴.'

양정련은 생각했다.

자신들이 살수로서 선택해 익히는 경공 중 하나는 웬만한 무림인들보다 몇 배는 뛰어나야 했다. 그리고 양정련은 은신이 아닌 경공을 택했다.

무사로서 무공의 힘을 겨루는 것이 아니라 정확도와 신속함, 그리고 심리전으로 싸우는 자신들이다.

자신들은 무공의 수위만으로 싸우지 않기에 능히 월등한 이들도 제압하고 목숨을 취하지 않았던가. 마음만 먹는다면 비급은 빼앗을 수 없다 하여도 저 애송이의 목숨을 빼앗고 주문중의 손에서 달아날 수 있을 것만 같았다.

처음 자신의 팔을 앗아간 장력의 위력은 인정한다.

하나, 자신이 오만하게 그 장력을 맞받아치지 않고 피했더라면 될 것이다.

그럼에도 그들을 통솔하는 장각은 극 소심할 정도로 이리 대처하고 있으니 답답할 노릇이었다.

'대체 혈수마제라는 것이 대단하면 얼마나 대단하다는 것이냐.'

천방제의 살수 중 지금 주문중이라는 저 늙은이에 대해 그나마 자세히 아는 자는 장각 한 명뿐이었다. 연성지나 자신이나 그저 장각이 하자는 대로 따르고 있을 뿐이었다.

장각이 말했다.

"양정련, 섣부르게 행동하지 마라."

"……."

천방제의 살수들이 그런 생각을 하고 있는 걸 아는지 모르

는지 비급을 한 장 한 장 다 넘겨본 주문중 또한 무겁게 입을
열었다.

"정말이로군. 아무것도 쓰여 있지 않다."

그들의 말대로 비급이 백지로 이루어져 있음을 확인한 주문
중은 비급을 소월의 발 앞에 툭 던지곤 물었다.

"묻겠다, 진소월. 이것이 정말 네가 지키려 하던 그 비급이
맞느냐?"

발 앞에 떨어져 있는 비급을 더듬거리며 찾아 든 소월은 부
들거리는 손을 다시 한 번 주문중이 있다 생각되는 곳을 향해
뻗었다.

"제가 아비에게 받은 것입니다."

"……좋다. 아까의 조건을 받아들이마. 나는 지금 너에게서
비급을 받은 것과 마찬가지다. 그러하니 그 대가로 널 살려주
마."

"어, 어르신……."

"왜?"

"감사… 감사드립니다."

드디어 주문중의 입에서 살려주겠다는 확답이 나왔다. 그가
어떤 생각으로 백지인 비급을 담보로 한 목숨 구걸을 받아들
였는지는 몰랐다.

'자고로 바닥을 알지 못하는 인간은 올라설 자리도 찾지 못
한다 하였다. 이 정도면 충분하겠지.'

연신 고개를 땅에 들이받으며 절을 하는 소월을 내려다보던

주문중이 손을 움직이자 땅에 이마를 들이대던 소월의 움직임이 멈췄다.

"내가 널 살려주기로 한 이상, 몸을 상하게 하는 행동은 삼가라."

화색이 돌기 시작하는 소월과 다르게 천방제의 살수들은 이를 꽉 물었다.

'이런 씨발.'

생각하기도 싫은 최악의 전개로 일이 돌아섰기 때문이다.

"그, 그럼 비급은 우리에게 주시오! 어차피 가짜가 아니오? 우리도 돌아가려면 명분이 필요하오."

주문중은 천방제의 살수들에게 시선을 돌리곤 혀를 찼다.

"이 비급은 가짜가 아니다. 쯧쯧, 못난 놈들. 진짜와 가짜를 구별하는 눈 하나 기르지 못한 것인가. 소년과의 약속대로 이 비급은 내가 갖는다."

"무, 무슨 소리십니까? 진짜… 라니……."

뭐? 저 새하얀 책자가 비급이라고? 세 사람의 얼굴은 낭패스럽게 변했다.

저것이 대체 어디가 비급이란 말인가? 한눈에 보아도 가짜가 분명하지 않은가. 하지만 혈수마제가 저리 말할 정도면 결단코 허튼소리는 아닐 것이다.

'최악이다. 이대로 가다간 저 녀석을 영원히 놓치게 된다. 하나 저 녀석은 둘째 문제. 주문중의 말이 사실이라면 희생을 치르더라도 저 비급을 거둬야 한다.'

주문중은 마치 그런 장각의 의도를 간파한 사람처럼 씩 웃어 보였다.

"명분? 그냥 굴러다니는 서책 하나 반으로 쪼개 가면 되지 않겠는가. 킥— 너희를 죽여 소년의 목숨을 구할 수도 있다. 하나 내 넓은 아량으로 너희의 목숨을 거두지 않겠다. 그러니 그만 돌아가거라."

"대협, 다시 한 번 생각해 주십시오."

"싫다."

장각은 다시 한 번 고개를 조아렸지만 이미 연성지와 양정련은 마음을 굳힌 듯했다. 주문중은 비릿한 조소를 지어 보이곤 비급을 다시 소월의 품에 챙겨 넣었다.

"쯧! 내가 정한 일에 불만이 있다면 오너라. 아무래도 강호에 발을 들인 지가 오랜만이라 노부가 너희들에게 설렁설렁대한 것 같구나."

결국 장각도 포기한 듯 숙였던 고개를 들어 비장한 각오를 다졌다. 그리곤 조용히 뒤편에 자리 잡은 두 사람에게 읊조리듯 입을 열었다.

"내가 신호하면 너희 둘은 소년의 목숨을 끊고 비급을 빼내오는 데 주력해라. 주문중의 발은 잠시나마 내가 막아보이겠다."

"예."

"반드시 저놈의 목을 잘라 버리겠습니다."

끼릭!

검 자루를 쥔 세 사람의 손에 힘이 들어간다. 어쩌면 자신들의 평생 동안 가장 큰 거물과의 싸움이 될지도 모를 일이었다.

"본성을 드러내니 살기와 피 냄새가 여기까지 진동하는구나. 어디, 그 잘났다는 천방제의 실력, 보도록 하자."

"⋯⋯."

"⋯⋯."

"오너라."

'지금이다!'

"하아앗!"

"하앗!"

눈빛을 주고받은 두 명의 살수는 소월을 향해 달려들었고, 장각은 현란한 움직임으로 눈앞을 어지럽히며 주문중을 향해 내달렸다.

파바박!

장각은 달려나가던 그대로 검을 뽑아 주문중의 머리를 노리고 몸을 띄웠다.

"검파도(劍把途)!!"

그야말로 신속함이 어우러진 쾌검.

촤아악!

그의 몸은 마치 검과 하나가 된 듯 주문중에게 한달음에 달려들었다. 장각의 검이 노리는 곳은 단 한 부분, 주문중의 미간이었다.

"제법 빠르구나."

팅!

하지만 장각의 검은 너무나도 허무하게 주문중의 손가락에 막혔다. 검을 막은 그의 손가락 튕김에 장각의 몸이 휘청했다.

"아직이다!! 검락도(劍落途)!!"

뻗어나간 검이 허무하게 막혔지만 장각은 크게 회전해 바닥을 박찼다. 동시에 그는 주문중의 머리 위로 뛰어올라 그의 정수리에 사력을 다해 검을 내리꽂았다.

"홍!"

타앙!

하나, 주문중은 그것도 별거 아니라는 듯 장각의 검을 손으로 받아쳐 내곤 놀랍도록 빠른 발차기로 그의 가슴을 냅다 걷어찼다.

뻑!

"흡!!"

가슴에 정통으로 발차기를 먹은 장각의 몸뚱이는 소월에게 날아들던 양정련과 연성지 앞까지 굴러갔다.

쿠당! 촤악!

"자, 장 대장, 괜찮으십니까?"

"나는 상관 말고 어서! 녀석의 목숨만이라도 끊어!!"

자신을 받아 들기 위해 멈춰 서는 연성지에게 장각은 소리쳤다. 그는 주문중과 단 두 합만으로 그의 기량을 완전히 파악했다.

'상대가… 상대가 되지 않는다. 저자는 지금 우리를 가지고

놀고 있어!'

"죽어라!!"

쉬익!

반면, 장각이 나뒹굴든 말든 소월에게 달려든 양정련은 그 앞에 서자마자 곧바로 검을 내질렀다. 날카로운 예기를 뿜내는 양정련의 검이 소월의 머리를 꿰뚫려는 순간,

"흥! 흡장(吸掌)!!"

촤악!

주문중이 손을 뻗자 시체처럼 축 늘어져 있던 소월과 추 노인의 시신이 순식간에 그에게 끌려왔다.

쉭!

때문에 양정련의 검은 허무하게 허공을 찔렀다.

"제길! 이 미친 늙은이가!!"

격한 분노에 노성을 지른 양정련이 검끝을 주문중에게 향했다.

"크흐흐— 미친 늙은이라……. 크허헝!!"

돌연 터져 나온 주문중의 사자후를 방불케 하는 쩌렁쩌렁한 외침에 살수들은 터질 것 같은 귀를 막곤 뒤로 주춤주춤 물러섰다.

"어디, 이것도 한번 막아보아라!"

부우웅—

그사이 주문중은 보랏빛으로 물든 손바닥을 그들에게 쏘아냈다.

"갈(喝)!!"

"피해라!! 독련장(毒聯掌)이다!"

"크크― 네놈들이 피한다고 용써봐야! 화개(花蓋)!!"

냉소를 날린 주문중이 손목을 괴이하게 꺾자, 순식간에 그의 손이 수십 개로 늘어났다!

차좌자자작!

수십 개로 늘어난 손은 천방제의 세 사람에게 폭풍우처럼 쏟아져 내렸다. 그러나 천방제의 살수들 또한 그리 쉽게 당하지만은 않았다.

"모여라! 천방검진(千方劍陣)을 형성한다!"

장각의 외침에 재빨리 모인 그들은 일제히 검을 빠르게 휘둘러 하늘에서 쏟아져 내리는 보랏빛 장력에 맞섰다.

카카캉!

분명 장력을 막아냈음에도 쇠끼리 부딪치는 소리가 터져 나왔다.

"크윽!"

"제기랄!!"

엄청난 압력이 자신들을 내리누름에 밟고 있던 땅에 발자국이 움푹 새겨졌다.

"허어? 막았어? 그렇지만 내 눈엔 그저 어린아이 칼 장난 수준이다."

그들의 사력을 다한 방어에도 주문중은 오만한 내리깔음을 내뱉었다.

되레 천방제의 살수들이 자신의 공격을 어느 정도나 버티는 지 시험하는 것처럼 입가에 시종일관 비웃음을 띠고 있었다.

휘릭! 탁!

주문중은 나뭇가지를 밟고 더욱 높이 뛰어올랐다.

치이익―

게다가 주문중의 장력을 막아낸 것뿐인데도 살수들의 검은 자줏빛 연기를 뿜으며 부식되기 시작했다.

"과연! 소문의 혈수마제 주문중!! 하지만!!"

장각은 자신과 마찬가지로 검을 들고 놀라던 두 명을 바라보았다. 그러자 그 두 사람 또한 약속이라도 한 듯 고개를 끄덕였다.

"천방검진, 검력활(劍力豁)!!"

장각이 검을 일자로 뻗어 들곤 빠르게 바닥을 차 주문중을 향해 몸을 날렸다.

공중에서 자신들의 협공을 막아내는 건 아무리 혈수마제라 하더라도 극히 어려울 터. 그야말로 진퇴난양에 빠질 것이라 생각한 것이다.

"하앗!!"

"검력활!!"

곧이어 연성지와 양정련 또한 장각의 뒤를 이어 몸을 날렸다. 빠르게 회전하며 한데 모인 그들의 검이 바람을 찢으며 주문중에게 날아들었다.

"크크― 머리를 썼구나. 하나 안타깝게도 헛수고다."

자신을 향해 날아드는 세 사람을 보는 주문중의 미소는 더욱 짙어졌다. 그의 손바닥이 검은 빛을 띠었다.

"철우(鐵雨)!!"

마치 무쇠 덩어리마냥 변해 버린 손바닥을 주문중은 자신을 향해 날아드는 살수들에게 내질렀다.

까가강!

그를 향해 날아들던 칼이 힘없이 부서져 버렸다. 게다가 검을 부순 것도 모자라 그가 날린 장력은 검을 날린 세 살수의 머리 위로 떨어져 내렸다.

"맞으면 끝장이다!!"

"흐라얏!"

휘릭!!

재빨리 몸을 틀어 피한 연성지는 무사했으나, 장각과 양정련은 머리 위로 떨어진 독력장을 피하지 못하고 그대로 부러진 칼 쪼가리들과 함께 뒤집어썼다.

퍼억!! 퍼버벅! 퍽!

"크악!!"

"크헙!"

짧은 단 한 마디 비명.

그걸로 끝이었다.

천방제에서 알아준다 하던 두 사람의 머리는 일순간 핏물로 변했고 그들의 몸뚱이는 힘없는 짚단처럼 땅 아래로 곤두박질쳤다.

털썩— 츠아아!

"대장! 양정련! 이, 이런 괴물 같은!!"

"쥐새끼처럼 용케도 피해 다니는구나!"

간신히 주문중의 공격을 피하긴 했으나 연성지는 주문중을
상대할 뾰족한 방법이 없었다.

검이 있어도 상대가 안 되는 것을 이젠 어찌한단 말인가.

곁눈질로 떨어진 두 사람의 시체를 보니 이미 보랏빛 연기
를 내뿜으며 그 형체를 찾아보기가 어려울 정도로 부식되었
다.

'일이 이렇게 된 이상 이것을 본 방에 알려야 한다!!'

처음엔 소월을 쫓던 그가 이젠 반대로 쫓기는 신세가 되었
다. 현 무림에서 평생 한 번 만나기도 힘들다는 혈수마제를 만
남으로 해서 말이다.

다행히 자신은 천방제에서도 빠르기로 유명한 다리를 가지
고 있지 않은가. 공력을 꽤나 소진하였지만 경공을 펼치기엔
무리 없었다.

"이 일격에 내 모든 것을 걸겠다!"

"이번엔 좀 재미있는 절기를 꺼내보거라."

더 이상 생각할 겨를조차 없었다.

"하앗!!"

벌써부터 주문중은 자신의 머리통을 날릴 기세로 하늘에서
떨어져 내리고 있었으니 말이다.

타악!

연성지는 재빠르게 바닥의 돌을 주문중을 향해 걷어찼다.

"이런 시답잖은 공격을 하다니!"

탁!

예상대로 주문중은 날아온 돌을 간단히 잡아채며 땅 위로 내려섰다. 하나, 연성지의 노림수가 바로 그것이었다.

휘릭!! 탁!

주문중이 돌을 잡아채 내려오는 사이, 연성지는 사력을 다해 산의 입구를 향해 냅다 달리기 시작했다. 그가 살아생전 이처럼 전력을 다한 경공술은 아마 이번이 처음일 것이다.

"이놈!!"

노기를 드러낸 주문중의 손 안에서 돌이 으스러져 가루가 되었다.

쿵!

이어 노한 주문중이 발을 내딛자, 별안간 불어온 바람이 나뭇가지들을 강하게 때렸다. 그는 멀찌감치 달아나고 있는 연성지를 향해 발을 굴렸다.

쉐엑!

그러자 그의 신형이 눈앞에서 사라져 버렸다.

그야말로 쾌속의 경공술!

주문중은 곧 눈 깜짝할 사이 멀찌감치 사력을 다해 달려나가던 연성지를 따라잡았다.

"마, 말도 안 돼!"

"크크… 늙은이보다 못하다니 아직 멀었다. 저승에서 더욱

연마하거라!'

삐걱!

"커헙!"

연성지 역시 주문중의 장력 한 방에 머리가 터져 나갔다.

그 직전 엉겁결에 작은 호리병을 던졌으나 그것은 주문중의 손에 닿자마자 허무하게 터져 버렸다.

촤아악!!

연성지의 몸은 내달리던 그대로 바닥을 쓸며 나뒹굴었다.

쿵!

그렇게 몇 장을 더 가다 커다란 나무에 크게 부딪치고 나서야 그 몸을 멈췄다. 머리 잃은 그의 몸뚱이가 굴러간 길엔 붉은 피가 선명하게 뿌려졌다.

"흠……."

순식간이다.

그야말로 주문중의 장력 한 번을 변변히 받아내지 못한 채 천방제의 살수들이 죽어나간 것이다.

소월을 죽기 직전까지 보낸 죽음의 살수들이었지만, 정작 그들 또한 주문중 앞에서는 어린애보다 못한 처지였다.

만약 소월이 눈을 뜨고 있었다면 이 엄청난 광경에 제대로 입조차 떼지 못했으리라.

"이거 간만에 움직였더니 삭신이 쑤시는군."

피곤한 듯 푸념을 내뱉는 말투완 다르게 주문중은 뚜둑 몇 번 뼈 소리를 내며 유유자적 소월에게 되돌아오는 여유를 보였다.

"어, 어르신, 어찌 되었습니까?"

소월은 보이지 않았지만 이 싸움이 주문중이라 불리는 자의 승리로 끝났다는 걸 알 수 있었다.

"어찌 된 것 같으냐?"

"어르신이 저들을 제압하신 것 같습니다."

싸움에서 주문중이 뿜어낸 살기는 그야말로 소월을 얼음처럼 얼어붙게 만들었다. 점점 가까워지던 발소리가 자신의 앞에 다 와서는 멈춰 섰다.

주문중의 낮은 목소리가 소월의 귀를 파고들었다.

"나는 너를 살렸다. 왜 내가 갑자기 마음을 바꾸어 너를 살렸는지 아느냐?"

분명 이런 오싹함을 소월은 어디선가 느껴본 적이 있었다.

"모릅니다."

"멀어버린 너의 두 눈에서 흘러내리는 그 피가 눈물로 보였기 때문이다. 그리고 널 위해 죽어준 그 노인의 넋을 기리기 위한 것도 있다."

소월은 자신의 곁에 차가운 주검이 되어 누워 있는 추 노인의 손을 쓰다듬었다.

뚝, 뚝.

또다시 흘러나온 눈물은 마르지 않은 피와 섞여 땅 아래로 떨어져 내렸다.

"너와 처음 대면했을 그때, 네가 마음에 들었다. 넌 노부의 눈을 피하지 않은 다섯 명 안에 들 것이다."

그 말에 소월이 놀라 고개를 들었다. 물론 보이진 않았으나 소월은 깨달은 것이다.

그 오싹한 느낌을 어디서 느껴봤는지를.

"호, 혹시?"

소월은 자신에게 은자를 던져 주고 간 괴상한 노인의 눈빛이 생생히 떠올랐다. 눈을 마주치는 것만으로 숨 쉬기 힘들어지던 그가 바로 이 사람이었다니.

"허허허!"

소월이 놀란 표정을 짓자 그 모습이 우스웠는지 주문중은 껄껄 웃어 보였다. 피로 여기저기 얼룩져 있고 온몸 성한 곳이 없는 녀석이 짓는 놀란 표정이란 것이 어찌나 어울리지 않는지.

"하나 저는 노백님의 말대로 드릴 것이 하나도 없습니다. 제가 유일하게나마 가지고 있는, 아버지에게 받은 비급마저 필요없다 하시니……."

말꼬리를 흐리며 소월은 조심스레 가슴 속의 책자를 꺼내들어 다시 한 번 그에게 내밀었다.

주문중은 소월이 간신히 꺼내 든 비급을 다시 그의 가슴에 넣어주곤 말했다.

"아니, 조건은 있다. 내가 너에게 말하지 않았을 뿐이다."

"무엇이든 말씀하십시오. 아버님이 남겨주셨다는 그것으로 제 몸이 정말 나을 수만 있다면 노사님을 위해 뭐든지 하겠습니다."

"좋은 마음가짐이다. 자고로 인간은 은혜를 소중히 할 줄 알아야 하지. 암! 내 조건은 이거다, 진소월 너는 나의 제자가 되거라."

"예?"

갑작스런 주문중의 이야기에 소월은 사방을 둘러보며 당황함을 표현했다. 그가 지금 자신을 놀리는 것인지 아닌지 전혀 볼 수가 없기에 딱히 어떤 표정을 지을 수도 없었다.

"물론 지금 당장은 아니다."

"무슨 말씀이신지 모르겠습니다."

이런 상황에 주문중이 농담을 건넬 리도 없었다.

하지만 대체 왜?

"내가 너를 다시 찾는 날 너를 제자로 들일지 말지 결정하겠다. 복수를 하든 계속해서 비참하게 살든 그것은 네 마음대로 하여라."

결국 주문중은 이유를 말해주지 않고 또 하나의 숙제를 내주듯 대답했다.

"……예, 그리하겠습니다."

소월 또한 더 이상 의문을 제기하지 않았다.

그가 어떤 조건을 제시하던 간에 스스로 목숨을 끊는 그런 것이 아니라면 얼마든지 들어줄 용의가 있었기 때문이다.

자신이 딱히 의문을 제기하고 꼬치꼬치 캐물어봐야 한 줌의 핏물로 변하기밖에 더 하겠는가.

"그럼 필요한 것들은 내가 준비해 주마. 너는 내가 마련해 주는 곳에서 이 년 정도 몸을 보살펴야 할 것이다. 그래야 걸레짝이 된 네 녀석의 몸뚱이가 그나마 사람 구실을 할 테니까."

탁!

"흡!"

탁! 탁! 탁!

말을 마친 주문중은 소월의 혈도 여기저기를 찔러대기 시작했다. 그러자 놀랍게도 소월은 그동안 계속 느끼고 있던 통증들이 한번에 가라앉는 것을 느꼈다.

스스스스……

다친 부위에서 감각들이 사라져 버렸다.

하지만 동시에 자신의 수족들 또한 마음대로 움직이지 않았다.

점점 몽롱해지는 의식 속에 주문중의 목소리가 아른거리듯 들려왔다.

"단 제자가 될 그릇이 되지 않았다면 너의 목숨을 받아가겠노라. 그것이 내가 지금 너를 위해 죽인 세 녀석의 목숨 값이라 생각하겠다."

第五章
자호(四號)

劍舞 진소월

화중지구(華中地區)의 양자강(揚子江)을 따라 내려가다 보면 산수처럼 절경을 뽐내는 장가계(張家界). 그곳이 자리하고 있는 호남은 오늘따라 유난히 피비린내가 심했다.

"아으~!"
한껏 기지개를 내뱉으며 잠에서 깨어난 중년의 여인은 졸린 눈을 비비며 방문을 열고 밖으로 나섰다.
지금은 새벽녘의 해가 하늘 위로 떠오르기 전이었다.
이 집 안에서 가장 먼저 아침을 맞이하는 식모의 역할을 맡고 있는 사람이었다.
"어찌 이리 날씨가 스산하노."

오늘따라 서늘함이 한층 올라선 듯하다. 대궐처럼 큰 집이라 서늘함은 그녀의 등줄기를 한층 더 묘하게 간질였다.

안주인들의 아침을 준비하기 위해 오늘도 어김없이 새벽의 공기를 들이마시며 부엌으로 향하는 그녀의 발에 물컹한 뭔가가 밟혔다.

"응?"

시선을 낮추자 비릿한 피 냄새가 그녀의 예민한 후각을 찔렀다.

"……?"

산짐승들은 이 집 안에 들어설 수 없었다.

그렇다면?

"……."

그녀는 자신이 밟고 서 있는 것이 사람의 시체라는 걸 알아차리는 데 오랜 시간을 허비하지 않았다.

"꺄아악!"

여인은 반사적으로 날카로운 비명을 내질렀다.

하나, 그녀의 비명이 터졌음에도 집 안은 쥐 죽은 듯 조용하기만 했다.

……

놀라 뛰쳐나온 이들의 웅성거림도, 소란스런 움직임도, 어둠을 몰아낼 밝은 등잔도 고요함 속에 묻혀 움직임을 보이지 않았다.

"사, 사람이……."

동시에, 어스름한 땅 위로 새벽을 알리는 하늘의 푸름이 주변을 밝혀가기 시작했다.

"우읍!"

주변이 밝아져 그 눈 안 가득 들어왔을 때, 그녀는 입을 틀어막고 목 위로 넘어오려는 것들을 참으려 했지만, 그것은 그녀의 손가락을 비집고 쏟아져 내렸다.

"우엑!"

질펀한 토사가 땅으로 떨어졌다.

눈앞엔 온통 붉은 피로 뒤덮인 마당에 팔다리가 잘려 나간 남정네의 시체들이 어지럽게 널브러져 있었다.

마른하늘의 날벼락을 이렇게 말해야 하나?

혹시나 꿈이 아닐까 하여 온 힘을 다해 허벅지를 꼬집어보지만 신경을 자극하는 아픔만이 눈가를 촉촉하게 만들 뿐이다.

"……."

하나, 뭔가 묘했다.

반사적인 비명 소리나 겁에 질린 몸짓은 여느 일반인과 다를 것 없었으나 그녀에게서 느껴지는 단 하나의 이질감. 그것은 무엇인가를 찾듯 이리저리 움직이고 있는 눈동자였다.

"한 번 더."

"누, 누구?"

그 순간, 심장을 철렁이게 하는 차가운 목소리에 그녀가 황급히 뒤돌자 차가운 시선의 사내가 눈에 들어왔다. 피바람은 사내의 검고 긴 머리카락을 흐트러뜨리며 불어왔다.

"흡!"

사내와 눈이 마주한 그녀는 자신도 모르게 헛바람을 집어삼켰다. 분명 아무런 기척을 느끼지 못했음에도 귀신처럼 자신의 등 뒤를 잡고 있는 사내에 대한 공포가 올라온 것이다.

"소리 내어라."

자신을 내려다보는 냉철한 두 눈과 마주치는 순간 그녀는 죽음을 직감했다.

그러나 동시에 몸은 빠르게 반응했다.

쉬익!

치마폭에 숨겨둔 날카로운 단도를 꺼내 듦과 동시에 사내의 정수리를 찌른 것이다. 그러나 그녀의 단도는 허공을 갈랐다.

푹—

"아악!!"

이어, 그녀는 불쏘시개가 복부를 파고드는 듯한 아픔에 비명을 질렀다. 사내가 무정한 표정으로 여인의 복부를 찌른 것이다.

푹!

"이익!!"

그녀가 허공을 가른 단도의 위치를 바꿔 다시 사내를 재차 찌르려 했으나 사내는 손에 든 검을 기묘하게 비틀었다. 그러자 그녀의 복부가 괴이한 소리를 내며 뒤틀리기 시작했다.

뜨드득!

"끄아아악!"

고통 가득한 비명이 그녀의 목구멍을 치고 올라선다.

그럼에도 집 안은 쥐 죽은 듯 고요하기 그지없었다.

"더 이상 나올 녀석은 없는가 보군."

주변에 아무런 움직임이 없는 것을 확인한 사내는 무성의하게 여인의 목을 떨어뜨리곤 그 자리를 벗어났다.

차박차박―

조용히, 그렇지만 망설임없이 저택의 가장 안쪽인 전(殿:건물 중 가장 큰 집)으로 향하는 이 사내의 주변은 온통 피와 시체뿐이었다.

이미 살아 있는 자들 중 눈에 보이는 자들은 외마디 비명 한 번 지르지 못한 채 사내의 검에 흐드러졌다. 마지막 여인만이 생존자를 확인하기 위한 도구로 쓰였을 뿐이다.

이 얼마나 냉혹한 사내란 말인가.

문득, 피로 젖은 길을 따라 안마당으로 들어서려던 사내는 갑작스레 걸음을 멈췄다.

"……"

사내의 눈초리가 가늘게 떠진다.

쉬이이―

사내가 멈춰 선 곳은 사방이 온통 붉게 칠해져 있는 거대한 마당이었다. 그곳엔 수십 개의 커다란 기둥이 자리하고 있어 괴이한 느낌이 들게 했다.

바닥 또한 온통 붉어 괴이한 느낌을 주게 하는 이곳엔 비를 피할 작은 가름막조차 존재하지 않았다.

그렇다면 이곳이 존재하는 이유는 단 하나.

"킥! 알고 있었나?"

날 선 한마디를 내뱉은 그는 먼저 눈앞의 커다란 기둥을 매섭게 쏘아봤다. 그리곤 곧바로 발아래 떨어져 있는 칼자루를 기둥을 향해 내찼다.

쉬이익!

사내가 찬 검이 기둥에 박히려는 찰나, 돌연 붉은 기둥이 움직였다. 아니, 전신을 붉게 칠해 감쪽같이 기둥과 똑같아 보이던 녀석 하나가 검을 피해 공중으로 뛰어올랐다.

"칫!!"

그러나 공중으로 뛰어올랐다는 건 붉은 녀석의 착각이었다.

뿌각!

"크엑!"

사내의 검은 그대로 몸을 피하던 녀석의 허벅지를 뚫고 기둥에 박혔다. 그야말로 전광석화. 이어 녀석의 머리가 떨어져 바닥을 굴렀다.

"눈치챘는가!"

붉은 기둥에서 수십의 목소리가 터져 나왔고, 기둥들이 일제히 움직였다. 마당 전역에 솟아 있는 기둥과 붉은 모래 아래서 수십 명의 적이 쏟아져 나왔다.

"쳐라!!"

"죽여라!"

촤자장!

뽑혀져 나온 수십의 검은 곧장 문 앞에 자리하고 있는 유일하게 자신들과 색이 다른 자. 즉, 검은 머리의 사내를 향해 늑대처럼 날아들었다.

일부는 모래먼지를 날리며 사내에게 달려들었고 일부는 붉은 기둥을 발판 삼아 쏜살같이 달려들었다.

쉐아악!

날카로운 예기가 주변을 감싸고 눈앞을 어지럽히는 붉은 모래가 시야를 어지럽혔다. 그럼에도 사내는 눈 하나 깜짝하지 않았다.

"어차피 팔 한쪽, 다리 한쪽만 남아 있더라도 너희는 나에게 검을 들이댈 테니 고통스럽고 잔혹하겠지만 이 방법밖엔 없다. 또한 이것 역시 내가 살아남기 위해 배운 선택이다."

사내는 내려뜨린 검을 앞으로 내세웠다. 검은 머리 사내가 자신에게 달려드는 수십의 붉은 적을 무심히 바라보며 내뱉은 한마디.

"천지광란(天地狂亂)!"

그리고 검은 머리 사내는 춤을 추었다.

끼이이이이이잉!

주변이 새하얀 빛에 휩싸이는 듯싶더니 듣는 이가 소름이 돋을 정도로 높은 검의 비명 소리가 터져 나왔다.

"크악!"

가장 먼저, 앞서 달려들던 녀석들의 팔이 마치 사과 껍질이 벗겨지듯 도려져 사방에 피를 뿌렸다. 사내의 검은 괴이하게 꺾이고 움직이며 살가죽을 찢었다.

스각!

"……!"

팔이 잘리면 곧바로 잘린 팔은 버리고 검을 물어 사내에게 달려들었다. 머리가 뚫리기 전까지 그들은 마치 인형처럼 달려들 뿐이다.

제 목숨 하나 돌보지 아니하고 오직 검을 들이대는 데만 열중하는 이들의 눈동자엔 아무런 감정도 서려 있지 않았다.

그럼에도 그들은 사내의 옷자락 하나 건드리지 못했다.

쉬칵!

"컥!"

사내의 검은 정확하게 달려드는 이들의 팔과 다리를 잘라냈고, 마지막엔 그들의 머리를 꿰뚫었다.

그들에게 허락된 건 단 한 가지.

"크악!"

"컥!"

엄청난 고통에 의해 무의식적으로 내뱉는 신음 소리뿐이었다. 눈을 어지럽힐 정도의 수많은 사지가 잘려 떨어졌다.

촤아아아아!

그야말로 사지절단(四肢絶斷).

"크으……."

푹—

마지막 한 명의 정수리에까지 사내의 검이 박히고 나서야 저택은 다시 아무 일 없었다는 듯한 고요함에 빠져들었다.

"너희를 이리 만들어낸 주인을 원망하라."

이미 이곳의 주인 된 자는 자신이 왔음을 알고 있을 것이다.

그리고 그 또한 자신의 손에서 도망칠 수 없다는 것을 알았기에 이리 맞이할 준비를 하고 있었겠지.

촤악—

사내는 검을 휘둘러 잔뜩 머금었을 피를 털어냈다. 그의 발걸음이 멀찌감치 자리한 전의 문 앞까지 도달했다.

사내는 망설임없이 문을 열어젖혔다.

끼이익—

문을 열고 들어서자 묘한 향내가 방 안 가득하다는 걸 사내는 느낄 수 있었다.

"사호인가……."

"……."

카랑카랑한 목소리는 사내가 가장 듣기 싫어하는 말을 내뱉는 것을 서슴지 않았다.

뿌득—

사내는 이를 갈고 나지막하게 입을 열었다.

"……내 이름은 모용비다."

사호.

자신이 예전에 불렸던 이름.

원래 숫자를 의미하는 사호(四號)였으나, 그는 제 동료들을 밟고 마지막까지 살아남았고 그 결과 죽음을 부르는 사람이라는 뜻의 사호(死號)로 불린다.

그것은 모용비 자신이 가장 듣기 싫어하는 명칭이었다.

그리고 그 명칭을 만든 원흉 중 하나가 바로 자신의 눈앞에 앉아 있는 늙고 추악한 자였다.

모용비를 아래위로 훑어본 노인은 짧은 비웃음을 냈다.

"쯧— 예전 모습을 찾을 수 없을 정도로 물러 터졌군. 예전의 너는 보는 것만으로도 등줄기가 오싹했는데 말이다. 굳이 문 앞으로 들어오는 것도 그렇고, 예전의 너였다면 이런 조잡한 포위망은 눈 감고도 뚫을 수 있었을 텐데…… 강호로 나가 물들어 버린 것인가?"

"너희가 만들어낸 모든 것을 없앨 것이기 때문이지."

"궤변이 늘었구나. 그럼 너 역시 사라져야 하지 않는가."

"나는 너희를 부정하다 못해 증오하니까, 마(魔)의 씨를 말려 버릴 것이다."

"쯧쯧쯧, 어찌하여 내가 만들어낸 가장 걸작이 가장 퇴품이 되었는고."

노인의 말에 모용비는 매섭게 그를 쏘아보았다. 움켜잡은 칼을 저 모가지에 던져 버리고 싶었으나 화를 꾹 눌러 삼키며 입을 열었다.

"그 누구도 대의와 충성을 가지고 그곳에 갇힌 것이 아니야. 단지 힘이 없어 갇힌 것이고 너희가 두려워 그것에 순종했을 뿐. 살아남기 위해…… 단지 살아남기 위해 검을 잡았던 것뿐이다. 그러니 너희가 스스로를 자위하며 생각하는 것조차 구역질이 난단 말이다."

"혈쟁의 패권을 쥐기 위해 너희들을 기르고 만들어낸 것은 우리이다. 그것이 우리의 단 하나뿐인 숙명이었고 대의였으니…… 네가 아무리 발버둥치고 도망치려 해봐야 부정할 수 없는 사실이다."

"아니, 너희가 만들어냈다는 나 자신이 그것이 아니라 말해주마."

노인과 모용비는 말없이 서로를 매섭게 노려봤다. 금세라도 검이 뽑혀 나올 것 같은 긴장감 속에서 먼저 입을 연 것은 노인이었다.

"흥, 그동안 말수만 늘어난 게로구나. 어찌 되었든 네놈은 내 명을 거역하지 못한다."

한 술 더 떠 그의 말투엔 여유로움이 담겨 있었다.

"……?"

순간 모용비의 눈동자가 크게 흔들렸다.

그리고 그 찰나를 놓치지 않은 노인은 입가에 미소를 그려내며 말을 이었다.

"크크… 그래, 잊어버리지 않았겠지. 네놈의 등에 새겨진 복종의 증표를 말이다. 그리 길러졌으니까, 그리 만들어냈으니까 말이다. 어리석은 것, 무덤에 제 발로 찾아오다니."

"어디 한번 해봐."

"소원이라면! 자, 당장 네가 들고 있는 그 검으로 스스로 목을 꿰뚫어 버려라. 충의를 보여라, 사호!"

"큭!"

순간적으로 탁한 노인의 목소리에 힘이 실리자 모용비는 몸을 가누지 못하고 한쪽 무릎을 바닥에 꿇었다. 괴의한 느낌을 주는 노인의 목소리가 그의 전신을 좀먹으며 올라오는 괴로움을 참을 수 없었다.

'꿰뚫어라…… 꿰뚫어라…… 꿰뚫어라!'

노인의 괴이한 목소리가 머릿속을 지배한다.

모용비 자신의 의지와는 상관없이 수족들이 멋대로 움직이려는 것을 느꼈다. 검을 잡은 자신의 손은 서서히 목을 향해 검을 들이대고 있었다.

'아직도 완전하지 못해. 약을 먹고 이곳을 찾아내는 데 너무 오랜 시간이 걸렸나.'

영원히 벗어날 수 없는 노예의 표식.

죽음마저도 자유로이 행할 수 있는 마의 사문술(死文術).

자신들은 이 사문술의 두려움 앞에 무릎 꿇고 인간이길 포기했다. 그리고 짐승만도 못한 살인병기가 되었다.

"……."

"어서!!"

'아니, 그렇지 않다.'

그를 바라보는 노인의 눈동자가 점점 다급한 듯 크게 떠졌
다. 그도 그럴 것이, 검날을 목으로 가져가던 모용비가 갑작스
레 팔을 내려뜨리곤 움직임을 보이지 않았기 때문이다.

자신의 한마디면 아무런 망설임 없이 단칼에 목을 베어 죽
어야 마땅하거늘……

"어서! 목숨을 끊어라, 사호!"

다시 한 번 고함을 쳐보지만 모용비는 자리에서 꿈쩍도 하
지 않았다.

"네 녀석은 불량품이다!"

그의 고개가 서서히 들렸다.

"검을 들어!"

그의 시선이 서서히 노인의 두 눈을 향했다.

꿀꺽—

노인은 마른침을 삼켰다.

그는 자신이 지금 얼마나 필사적인 심정으로 사호에게 죽음
을 명하고 있는지 알고 있었다. 여기까지 온 재량을 가진 사호
를 자신이 어찌한다는 건 애초부터 무리였으니 말이다.

그래서 남겨둔 것이 최후의 사문술(死文術) 아니던가.

"주인을 물려 하는 것인가, 이 미친개가!"

"킥!"

모용비는 콧바람 섞인 비웃음을 던졌다.

그리곤 서서히 내려뜨란 검을 다잡으며 몸을 일으켜 세
워, 자신을 의아해하는 표정으로 바라보는 노인을 지그시

응시했다.

모용비와 눈을 마주하게 된 노인의 말끝은 사시나무처럼 떨렸다.

"어, 어째서? 어째서 우, 움직이지 않을 수 있는 거냐? 어…떻게… 어떻게 복종의 증표를 이겨냈단 말이야!"

"너희가 우리를 처음 데려온 날 새겨 넣었던 그 알량한 사문술 말이더냐? 그것이 내가 오는 것을 알면서도 꿈쩍하지 않고 그리 거만하게 자리하고 있던 이유더냐?"

"……!"

모용비의 비웃음에 노인은 뭐라 대답조차 할 수 없었다.

모용비의 웃음에 맞춰 땀 한 방울 흘리지 못할 지독한 한기가 방 안을 가득 덮었다.

사문술은 그야말로 금기 중 하나인 사술이었다.

이 사술을 받는 자는 사술한 자의 특별한 음색이 전달되면 자신의 의지와 상관없이 행동을 취하게 된다. 사문술에 포박당한 이는 힘을 강제로 억제 받고, 술자가 원한다면 죽음까지도 불사해야 하는, 금기이자 복종의 주문.

그것을 거부할 시엔 온몸의 기혈이 뒤틀려 고통에 몸부림치다 죽게 되기에, 결국 사문술에 걸린 자는 명령에 복종해야 하는 하나의 도구로 전락해 버린다.

차라리 고통스러워하는 모습이라도 보이면 안심할 것을.

"어떻게 풀어낸 것이냐? 내, 다른 이들의 죽음을 들었을 땐 너와 대면하기도 전에 암살당했던 것이라 믿었는데 그것이 아니었구나."

모용비는 서서히 자리에 못 박힌 듯 굳어 움직이지 못하는 노인의 앞으로 조금씩 걸음을 내디뎠다.

뚜벅뚜벅―

"전부 모두 처음엔 너와 같이 거만한 얼굴로 나를 내려다보며 명령을 내렸지. 그래, 정면으로 들어선 나를 보고 한심하다는 듯이 말이야. 사문술이라는 것을 내가 모를 것이라 생각하고 말이다. 그리고 명을 받들지 않고 다가서는 나를 볼 때의 표정들 또한 지금의 너와 같더군."

뚜벅뚜벅―

모용비와 노인의 거리가 점점 가까워질수록 방 안의 한기는 점점 더 짙어졌고, 모용비의 입가엔 묘한 미소가 그려졌다.

"애초부터 암살은 생각도 하지 않았다. 극심한 공포도 못 느껴봤을 너희에게 편안한 죽음은 사치다. 너희가 가진 것, 땅에 솟은 풀 한 포기 한 포기까지 전부 뜯어내고 내가 앞에 섰을 때……"

모용비의 얼굴은 악귀처럼 일그러졌다. 하나 말투만은 간신히 평정심을 유지하는 듯했다.

당장 눈앞의 노인을 찔러 죽이고 싶었으나 그는 간신히 자신을 억제하고 있었다.

"모두가 같은 허점을 찔린 것이란 말인가. 어떻게 풀어낸 것이냐. 사문술은 금기의 수법. 아직 제거의 방법조차……"

"사혹련은 혈쟁 때 여러 가지 실험을 많이도 한 모양이다.

잠시이긴 하지만 당대 최악의 사술이라 불리던 사문술의 제거 방법도 말이지. 생명을 깎는 독을 머금는 대신 난 너희의 그 가증스런 술법에서 잠시 동안이나마 벗어나는 방법을 찾아냈다."

"그런… 설마……?"

"그래, 그 설마다. 그런 연유로 지금 나의 이름은 모용비, 사흑련의 철혈련주 모용비가 되었다."

슥―

무심한 투로 대답한 모용비는 검을 들었다.

그의 번뜩이는 검날은 창백한 노인의 얼굴을 비췄다.

"사, 사흑련? 네, 네 이놈!!"

"크…….."

"사흑련을 밟기 위해 만들어진 네가 되레 사흑련에 몸을 담았단 말이냐?"

"크크! 크크크! 크히히히히!"

경악을 넘어 분노가 가득한 노인의 표정에 모용비는 광기 서린 웃음을 터뜨렸다.

"아, 그래, 그랬지. 사흑련……. 킥! 킥킥킥! 하지만 걱정할 필요 없어. 사흑련 또한 너희와 별반 다르지 않으니 말이야."

"가, 감히 너희를 기, 길러주고 이리 키워준 으, 은혜를! 더 이상 모욕은 필요없다! 어, 어서 죽여라!"

노인의 얼굴 가득 공포가 뒤덮여 있다.

모용비의 검은 바로 노인의 코앞까지 다다른 상태여서 그 시선은 온통 검끝에 쏠려 있었다.

딱! 딱! 딱딱!

극심한 공포에 떨리는 이빨이 서로 부딪쳐 성가신 소리를 낸다. 마른침조차 넘어가지 못하고 머릿속이 온통 하얗다. 눈 앞의 모용비가 그야말로 저승사자의 모습으로 보인다.

"나는 네 녀석을 죽이러 온 것이 아니야."

"그, 그럼?"

갑작스런 모용비의 말에 노인은 멍해짐을 느꼈다. 실낱같은 희망의 끈이 하늘에서 내려오는 것 같았지만 그건 큰 착각이고 오산이었다.

"우선 나불거리는 혓바닥부터 뜯고 나서 알려주지."

퍽!

말이 끝나기가 무섭게 모용비는 노인의 입속에 검을 넣고 그대로 휘저었다.

뚜둑!

그의 검이 입안을 휘저으며 생니가 뜯겨져 나왔고, 혓바닥은 반죽되듯 썰려 핏물과 함께 바닥 아래로 떨어져 내렸다.

"끄어어어!"

"그다음은 검을 건넸을 그 손목과 두 팔을."

스칵!

"끄어어! 끄아아……!"

"그다음은 우릴 지옥 속에 가두고 자신들은 대지를 거닐었을 그 두 다리를."

스악!

"우읍! 우!! 아… 아……!"

모용비의 말 한마디 한마디가 끝날 때마다 노인의 수족이 바닥으로 떨어져 내렸다. 붉은 피가 분수처럼 흘러나와 바닥 위에 흩날렸다.

"……."

허연 눈깔을 내보이며 고통에 기절해 버린 노인을 바라보던 모용비가 품 안에서 작은 통을 꺼내 들곤 그 안에 들어 있는 하얀 가루를 노인의 잘려진 상처 위에 뿌리기 시작했다.

푸쉬쉬쉬—

그가 뿌린 하얀 가루가 상처 단면에 닿자마자 하얀 연기와 고기 타는 냄새를 내기 시작했다. 꾸역꾸역 흘러나오던 피는 금세 멎어버렸다.

슥—

하지만 이미 안색은 창백했고 숨이 약해지기 시작했다. 모용비 또한 이대로 놔두면 노인이 죽을 것이란 걸 알고 있었다.

"……이제 시작일 뿐이다. 이 정도로 죽어선 안 돼."

되뇌듯 말을 중얼거린 모용비가 이어 꺼내 든 것은 쥐똥만큼 작아 보이는 환약 두 알이었다. 그는 환약을 강제로 기절한 노인의 입안에 쑤셔 넣곤 그의 턱을 발로 차올렸다.

퍽!

목구멍을 타고 환약이 넘어간다.

환약은 놀랍게도 노인의 몸 안에 들어서자마자 약효를 발휘했다. 창백했던 노인의 혈색이 돌아오기 시작한 것이다.

죽음의 문턱까지 몰아세운 그가 돌연 노인을 다시 살리려는 의도는 대체 무엇인가?

"나는 네 녀석을 죽이러 온 것이 아니다. 그보다 더한 것, 죽음보다 더한 고통을 주기 위해 온 것이다. 너희를 죽이지 않고 한곳에 모아두겠다. 사지를 자르고 혀를 베어냄으로써 너희를 그때와 같은 지옥의 구덩이 속으로 밀어 넣을 것이다."

복수인가? 증오로 가득한 한마디와 함께 노인을 천으로 둘러맨 모용비는 그를 끌고서 붉은 그 방을 나섰다.

"이제⋯ 하나 남았다."

第六章
천금신룡단(天擒新龍丹)

劍鬼 진소월

"자, 주워온 손가락도 대충 붙여놓았고. 쯧, 이런 놈이 뭐 그리 예쁘다고 데려왔는지. 괜한 짓을 했군."

카랑카랑한 혈수마제 주문중의 투덜대는 목소리가 소월의 몽롱한 의식 속을 파고들었다. 눈을 뜬 것인지 감은 것인지 알지 못할 정도로 깜깜한 어둠에 갇혀 있는 느낌.

꾹— 스스슥—

몸이 공중에 떠 있는지 물속에 잠겨 있는지 알지 못할 정도로 몽롱한 의식.

"아⋯⋯."

간신히 입을 벌려보지만 나오는 것은 걸걸한 쇳소리뿐.

계속 무언가 부스럭거리는 소리가 들려오고 투덜거림을 멈추지 않는 주문중의 목소리는 바람처럼 설설 날아들었다.

"허? 이놈 벌써 의식을 차리려는 게냐? 아서라, 지금 깨면 고통 때문에 죽는다. 그러니 좀 더 자두도록 해라. 이 노부가 널 거둬들이기로 한 이상 죽진 않을 테니 말이다."

기척을 내는 소월을 내려다보는 주문중의 얼굴엔 잠시나마 화색이 돌았다. 그러나 그것도 잠시, 그는 들고 있던 침을 조심스레 내려놓고 손가락으로 누워 있는 소월의 혈도 여기저기를 눌렀다.

탁— 탁탁—

"……"

혈도를 눌린 소월은 잡아가던 의식의 끈을 다시 놓은 것처럼 축 늘어져 가는 숨만 내쉬기 시작했다. 주문중은 소월이 의식을 다시 놓고 깊은 잠에 빠져든 것을 확인한 뒤 놓았던 침을 들어 그의 미간 깊숙이 꽂았다.

푹— 스슥—

이미 소월의 눈 주변엔 수십 개의 금침이 꽂혀 있었다.

금침 위로는 아슬아슬하게 작은 뜸들이 놓여 모락모락 연기를 피워 올린다. 그는 전라의 모습으로 누워 있었으며 전신에 수백 개의 금침이 꽂혀 있었다.

주문중이 이렇듯 다 죽어 있는 소월을 데리고 온 곳은 산 깊숙한 곳, 커다란 곰 한 마리가 자리 잡고 있던 꽤 깊이가 있는 굴 안이었다.

빛이 들어오지 않아 한 치의 앞도 분간하기 힘든 곳이다.

그러나 동굴은 꽤나 커다랗기에 어른이 허리를 펴거나 돌아다니는 데 전혀 지장을 주지 않았다.

한때 이곳에서 금이 나온다는 소문에 휩쓸린 자들이 굴을 파다 그곳에 기거하던 곰의 습격으로 도망쳐 버리고, 시간이 지나 금광이 있다는 소리가 그저 풍문이거나 헛소문으로 밝혀짐에 따라 자연스레 곰의 터전이 된 듯싶었다.

입구는 이미 커다란 바위를 굴려 막아놓았으며 최소한의 공기구멍만을 만들어놓은 상태였다.

"흠."

소월의 얼굴 가득, 빼곡히 침을 꽂기를 한 시진.

"아주 이놈이 늙은이를 잡는구나, 잡아."

한 땀 한 땀 침을 꽂아 돌리는 주문중의 이마엔 어느새 송골송골 땀방울이 맺혀 있었다.

"몸도 병신에다가 붙어 있을 곳에 붙어 있지 않은 심장에, 성한 곳 하나 없고. 게다가 자칫하면 눈도 멀어버릴 뻔한 놈을 살리려니 내 수명이 깎이는 듯하구만."

그의 입에선 쉴 새 없이 투덜거림이 쏟아졌다.

천방제의 자객들을 처리하고 나서 그가 가장 먼저 한 행동은 잘려진 소월의 손가락을 주워 담고 베어진 눈동자와 다른 여러 상처의 심각성을 알아내는 것이었다.

도저히 정상적인 방법으론 치료가 불가능했을 것이다.

하지만 다행히도 그에겐 전 무림을 공포에 떨게 할 정도의 독공을 가능케 한 의술이 있었고, 무엇보다 전설이라 불리는 천금신룡단이 있지 않은가.

"진가의 진륜영. 쯧, 꽤 좋은 바둑 제자였는데 아깝군. 보자, 보자, 보자, 보자……. 손가락은 이만하면 됐고, 나머지는 이놈 하기에 달렸으니."

워낙 살수의 칼부림이라 반듯하고 깔끔히 잘려 나간 손가락을 붙이는 것은 어렵지 않았다. 오히려 손가락 같은 경우는 붙이고 나서 어떻게 관리하느냐에 따라 달라지니 말이다.

하지만 눈은 달랐다.

"역시 이쪽은 안 되겠군. 좀 이른 감이 있지만 늦기 전에 환단을 복용시켜야겠군. 기가 너무 쇠해."

만약 잘못된다면 그야말로 평생을 맹인으로 살아야 하기 때문이다. 만약 돌이킬 수 없는 지경에 이르러 있다면 그건 의술의 신(神)이라 해도 복구할 방법이 없을 것이다.

하나, 소월의 경우엔 하늘이 도왔다고 해야 할 것이다.

아니면 소월이 무의식적으로 날아드는 검에 맞춰 목을 뒤로 뺐다는 가정에나 있을 법한 일이 일어났으니 말이다.

그의 시력은 완전히 상실된 상태가 아니었다.

물론 이대로 놔둔다면 회복할 틈도 없이 시력을 잃어버리고 평생을 맹인으로 살아가겠지만, 주문중 자신의 치료가 시작된 이상 시간은 오래 걸려도 시력을 잃어버리는 최악의 상황은 오지 않을 것이다.

물론 이것 또한 날카롭지만 깨끗이 베어진 상처와 자신의 의술, 그리고 천금신룡단, 이 삼박자가 한데 어우러진 우연 중의 우연이기 때문에 가능했다.

"우연에 우연이라……. 기가 찰 노릇이군. 우연 따위 믿지 않는 나로서는 말이야."

억세게 운이 좋은 놈은 어떻게 해서든 그 운을 잡을 수 있다 하지 않던가. 그야말로 팔자 좋게 누워 있는 이놈은 살아날 수밖에 없는 상황이란 소리다.

"이런 걸 운이 좋다고 해야 하는 건지, 나쁘다 해야 하는 건지 모르겠군. 참 기구한 운명이구만."

그러니 더욱 웃긴 일이 아닌가.

애초에 이리 기구한 운명과 상황이 들이닥치지만 않았다면 소월이 이런 고통을 받을 일이 없었을 것을. 하지만 그 상황이 닥쳐온 이상 이만큼 또 억세게 좋은 운이 어디 있는가?

참으로 볼수록, 생각할수록 기구했다.

"진환륜 그 어린놈의 눈엔 예전부터 야심이 있었거늘, 제갈성 자네는 무슨 생각으로 이걸 가져갔던 겐가. 그리고 죽은 줄 알았던 이 아이가 어찌 나에게까지 오도록 하였나."

조용히 말을 잇던 주문중은 구석에 내팽개치듯 던져진 푸른 책자를 무심한 눈으로 바라보았다.

'멸(滅)'이라는 단 한 글자만이 쓰인 비급.

이것을 위해 이 어린것은 모진 풍파를 겪어야만 했다.

자신도 모르는 것 때문에 끔찍한 고통을 겪었고, 앞으로도 겪어야겠지.

"어찌 되었든 간에 저 비급의 처분은 이놈에게 맡기는 것이 옳겠지. 제갈성 자네나 자네 아들이나 정말 오지랖도 넓군."

자신 또한 한때 사라진 비급 중 하나인 이것을 찾기 위해 얼마나 갈망해 왔던가. 비급이란 무릇 무림인에게 있어 목숨보다 더한 가치를 지니는 삶의 정수.

그것을 위해 일어난 싸움이었고, 패권을 위해 일어난 지난 혈쟁 속에서 자신은 무엇을 보았는가.

"추악한 것들은 한 줌의 핏물로 만들어 버렸지. 그리하여도… 싸움은 끝나지 않는구나."

미간 위로 다시 한 번 주름을 잡은 주문중은 그대로 사색에 잠겼다. 하나 귀신같이 뜸에서 솟아오르던 연기가 서서히 사그라지면 어김없이 그 위로 새 뜸을 올렸다.

그런 식으로 소월을 치료하기 시작한 지 하루가 지났다.

뜸과 침으로 소월의 막혀 있는 혈을 뚫고 안정시키는 데 육일이 넘는 시간을 보냈다.

침을 맞는 동안 먹지 못해 기력이 쇠약해질 대로 쇠약해진 소월의 입엔 작은 통이 물려져 있었고, 그것을 통해 주문중은 잘게 으깬 약재와 물, 음식을 넣어주었다.

꿀꺽— 꿀꺽—

"이렇게 처먹는 걸 보니 네놈도 죽긴 글렀나 보구나. 슬슬 나중을 대비한 식량을 구해놔야겠군."

적지 않은 나이에 쉬지 않고 계속되는 이 일이 힘들 만도 한
데 주문중은 안색 하나 변하지 않았다.

　마지막 일주일째 되는 날 밤.
　주문중은 소월의 몸에 꽂혀 있던 수백 개의 침을 전부 빼냈
다.
　딸가닥—
　침이 꽂혀 있던 자리가 붉은 반점처럼 온몸에 퍼져 있음은
벽에 꽂아둔 야광주들로 인해 알 수 있었다. 외부와의 소리도
모두 차단된 듯 고요하다.
　촛불이 아닌 야광주라 타오르는 불꽃의 소리도 들리지 않는
다.
　스스스—
　다만 간간이 바람이 작은 굴을 막은 바위 주변을 배회하는
아련한 소리만이 들려왔다.
　슥— 슥—
　소월의 몸에 꽂혀 있는 금침(金針) 중 수면과 감각을 지배하
는 몇 가지를 제외하고 모든 금침을 거둬들인 주문중은 드디
어 천금신룡단을 꺼내 들었다.
　쇄아아—
　그 작은 단에서 뿜어져 나오는 기운은 주문중의 머릿속마저
상쾌하게 만들어 저절로 탄복을 내뱉도록 했다.
　"허— 영약은 영약이로다. 바둑 내기로 이걸 내건 내가 바보

지. 쯧! 아무튼 네 아비도 꽤 영약한 놈이다."

주문중은 어째서 짧게 혀를 찼을까. 손에 들고 있는 천금신룡단이 아까워서? 아니면 바둑 상대였던 진륜영의 죽음 때문에?

이유가 어찌 되었든 그의 손에 쥐어진 천금신룡단은 소월이 물고 있는 대나무 통을 통해 그의 입안으로 들어갔고, 소월은 그것을 무의식중에 꿀꺽 삼켜내었다.

스우우우—

소월이 내단을 삼킨 지 일각(刻) 정도가 지났을까? 주문중은 소월의 아랫배부터 뜨거운 열기가 끓어오르자 그곳에 두 손을 가져다 대고 눈을 감았다.

부우웅—

주문중의 손이 점점 보랏빛으로 물들었다. 자신의 내공을 이용해 천금신룡단의 끓어오르는 기운을, 앞서 금침으로 뚫어 놓은 혈도들을 향해 퍼뜨리는 것이었다.

사아아—

주문중이 손을 움직이기 시작하자 죽은 사람처럼 창백하던 소월의 얼굴에 점점 혈색이 감돌았다. 천금신룡단의 기운은 소월의 몸 전체에 퍼질 것이며 그것이 상처를 빠르게 아무는 데 큰 역할을 할 것이다.

또르륵—

소월의 몸 안에 퍼지는 기를 잡아내는 주문중의 이마를 타고 굵은 땀방울이 흘렀다. 자칫 잘못하면 자신 또한 주화입마에 들어설 수 있었다.

게다가 생각보다 너무나도 큰 기운이 몸 안에 자리 잡기 때문에 그 효과가 천천히 드러나도록 필요한 정도만 빼내어 순환시켜야 한다.

그렇지 않으면 소월의 몸이 버텨내지 못할 것이다.

탁탁! 탁!

순식간에 소월의 혈도를 여기저기 찔러대는 주문중은 그 어느 때보다 진중한 모습이었다.

'이제부터 피곤해지겠군.'

뚜두둑!

그가 생각을 끝마치기도 전에 소월의 몸 여기저기서 갑작스런 뼈 소리가 터져 나왔다. 당사자는 깨어나지 않았으나 몸이 비명을 지르는 것이었다.

뜨득!!

휘어졌던 오른쪽 다리가 격하게 뒤틀리자 주문중은 급히 뭉쳐 있는 내력을 아래쪽으로 내보내 뒤틀리는 다리를 바로잡았다.

빠드득!

곧이어 왼손이 격하게 떨리는 것을 보고 순환되는 진기를 조금씩 회수한다.

쏴아아— 스아아— 쉬익!

소월의 검고 긴 머리는 힘없이 빠져 바닥으로 떨어져 내렸다. 붉게 달아오른 피부 또한 허물을 벗어젖히듯 흐물거렸다.

뚜득— 빠각!

정신없이 이어지는 뼈 소리와 끓어오르는 열기만큼 주문중의 손놀림도 바빠진다.

슥— 탁탁! 뜨득! 탁! 탁탁! 사삭!

만약 주문중이 내기를 바로잡아 순환시켜 주지 않는다면 소월의 몸은 안의 커다란 내기를 감당하지 못하고 부풀어 올라 터져 버릴 것이다.

그리고 한참 동안 이어진 이 상상태야말로 단전에 모여 있는 천금신룡단의 진기를 순환시켜 만들어내는 강제 환골탈태(換骨脫胎).

이 강제 환골탈태야말로 소월이 새로운 삶을 맞이할 반환점이었다.

슥—

"후우, 좀 지치는군."

마침내 소월의 몸에서 조심스레 손을 떼어낸 주문중은 차가운 석벽에 기댔다.

주문중은 소월의 몸 안에 녹아든 천금신룡단의 내기로 상처들의 치료는 물론, 강제 환골탈태를 조율하는 데만 보름이라는 시간을 꼼짝없이 앉아 보냈다.

"이 몸이 이리 고생하는데 네 녀석은 편히 누워 있다니. 이걸 콱!"

"……."

"뭐, 됐다. 깨어나면 내가 이러지 않아도 죽고 싶어질 거다."

소월의 얼굴에 혈색이 만연한 반면, 주문중의 얼굴은 핼쑥한 모양을 띠었다. 극도의 집중으로 인한 치료는 주문중에게도 꽤나 피곤한 일이었다.

"자, 이제 하나 남았나."

슥ㅡ

마지막으로 그가 품 안에서 조심스레 꺼내 든 건 작은 나무 곽이었다. 희한한 나뭇결을 가진 검은 나무 곽의 뚜껑을 따자 코를 찌르는 날 선 냄새가 뿜어져 나왔다.

"크, 몇 번을 맡아도 지독하군."

툭툭ㅡ

인상을 찡그리며 나무 곽에 들어 있던 작은 크기의 다섯 알의 환약 전부를 꺼내 든 그는 소월을 치료하고 있던 곳에서 더욱 깊숙한 막다른 곳까지 걸음을 옮겼다.

뚜벅뚜벅ㅡ

야광주의 불빛조차 스며들지 않는 음기가 서린 곳에서 멈춰 선 그는 주변을 둘러봤다. 엔간한 굴엔 사람의 눈을 피해 여러 것들이 살아가게 마련인데 그런 것도 없는 걸 보아 이곳은 최적의 상태를 가진 곳이다.

걸음으로 대략 성인 남자 한 명이 충분히 누울 만한 크기를 잰 주문중은 환약을 바닥에 내려놓았다.

이어, 품 안에 작은 병을 꺼내 들곤 안에 담긴 액체를 조심스레 환약 위로 뿌렸다.

치― 치익! 푸쉬이이―

환약은 그가 뿌린 액체와 닿자 검은 연기를 조금씩 내뱉더니 이윽고 땅 위를 흐물흐물하게 만들고는 영락없는 늪으로 변화시켰다.

"흠, 이 정도면… 독기를 빼내기엔 충분하군."

소월을 안고 다시 돌아온 주문중은 그새 늪으로 변한 땅 위에 소월을 눕혔다.

꾸르륵―

그러자 조금씩 소월의 몸이 물속으로 가라앉듯 땅속으로 가라앉았다.

"아참, 숨은 쉬어야겠지."

탁―

가라앉기 시작하는 소월의 코와 입에 기다란 대나무 통을 물린 주문중은 그 뒤로 소월이 땅속에 완전히 묻혀 그 위가 딱딱하게 굳을 때까지 자리를 뜨지 않았다.

"강제적 환골탈태는 몸에 부담이 가는 것도 사실. 지금은 잠들어 있겠지만 깨어나 몸을 움직일 때의 아픔은 죽음을 방불케 할 정도일 것이다. 부디 잘 참아내길 바라는 수밖에."

소월이 가라앉은 땅은 주문중이 자신의 진기로 소월의 진기를 움직일 때 스며들었을 독기를 중화시키고 치료하기 위한 것이었다. 앞으로 두 달여 정도가 지나면 그의 몸은 깨끗이 나을 것이다.

그걸 확인하면 자신의 일도 끝이다.

앞으로 남은 것은 소월이라는 녀석의 그릇이 남은 고비들을 극복할 수 있을 것인가 하는 것뿐.

드드득—

주문중은 굴의 입구를 막고 있는 커다란 바위를 움직였다.

쉬이잉—

바위를 치우자 매서운 바람이 가장 먼저 그를 반기며 늘어뜨린 수염을 흔들어댔다. 나뭇가지의 붉은 잎은 대부분이 땅 아래로 떨어져 있었다.

슬슬 겨울의 시작이다.

"오늘은 코가 삐뚤어지게 한잔해야겠구만."

입맛을 다시며 밖으로 걸음을 내디딘 주문중.

드드드—

다시금 앞을 막아선 바위가 움직였고, 굴은 야광주의 은은한 불빛만을 남겨둔 채 깜깜한 어둠으로 가득 찼다.

소월이 자신이 숨을 쉬고 있다는 것을 자각한 것은 한 시진 전이었다.

온통 어둠만이 가득한 세상.

눈을 떠보려 했지만 눈꺼풀이 올라서지 않는다.

손가락을 움직이려 했지만 사지 전부가 무거우면서도 푹신한 무엇에 눌려 있는 것처럼 꼼짝할 수 없었다.

잠시 윙윙거리는 떨림이 느껴진다.

흡사 이곳이 땅속인 것 같은 느낌에 소월의 머릿속은 복잡해졌다.

분명 자신은 천방제의 살수들과 마주하여 목숨을 위협받았고, 그곳에서 추 노인의 죽음을 겪어야 했다. 그리고 혈수마제를 만났다.

마지막으로 몽롱한 정신의 자신에게 뭐라 말하던 혈수마제의 목소리를 끝으로 더 이상 기억은 없었다.

그러한데 어째서 자신은 이렇듯 땅속에 묻혀 있는가?

혹 자신이 죽었다 생각하여 땅에 묻은 것일까?

"으, 으으! 으으!"

입에 물려진 대나무 통 탓에 뭐라 입을 움직일 수도, 말을 내뱉을 수도 없었다. 사력을 다해 뿜어낸 목소리는 그저 카랑카랑한 쇳소리와 비슷할 뿐이었다.

두렵다. 이대로 계속 갇혀 있다간 죽지 않았어도 곧 죽을 것이 분명했다.

한데, 그 상황에서도 이상한 것이 있었다.

얼마의 시간이 지났는지 모르나, 그리 심한 꼴을 당했던 기억이 있는데 몸뚱이에서 더 이상 아픔이 느껴지지 않는 것이었다. 게다가 더욱 이상한 건 허기도 느껴지지 않는다는 것이다.

어째서?

그때였다,

"웁!"

입에 물려 있던 통을 통해 미지근한 음식이 쏟아져 내려온 것은. 거리낌없이 입안으로 들어온 음식들은 이미 잘게 부수어져 있었다.

이 쌉싸래한 것은 일종의 야채인가?

꿀걱—

입안의 음식은 크게 목젖을 움직이자 그의 뱃속으로 사라져 버렸다. 소월은 그제야 이 모든 상황이 이해되었다.

'그런 것인가. 노사님이……'

지금 자신의 몸속으로 들어온 건 주문중이 자신에게 먹이는 음식이고, 몸에 아픔이 느껴지지 않는 건 아마도 그가 치료한 덕분이라는 걸.

주문중이 아니라 하더라도 분명 자신은 죽어 이곳에 묻힌 것이 아니라 살기 위해 묻혀 있다는 것도 말이다.

그렇다면 이제 자신이 해야 할 일은 하나다.

자신이 깨어났다는 것을 음식을 내려주는 인물에게 알려야 하는 것이다.

"어! 허어! 허어어!!"

통을 문 채 말을 할 수는 없었기에 소월은 마치 다 죽어가는 노인의 기침 소리마냥 계속해서 소리를 내뱉었다.

얼마나 그 소리를 내뱉었을까. 입술이 바짝 마르는 것을 느끼고 목이 타들어감을 알게 될 때쯤,

퍼걱! 퍼걱!

소월은 자신이 묻혀 있던 땅이 점점 파내어진다는 것을 알

수 있었다. 두렵다. 어떻게 땅을 파내는지는 몰랐으나 그 소리가 거친 것이 쇠자루를 이용하는 것 같은데,

퍽! 퍽퍽!

자칫 잘못하여 자신을 찍어버릴까 내심 불안함이 커졌다.

퍽퍽!

그렇게 시간이 또 지나자 점점 몸을 내리누르던 감각이 가벼워지더니 돌연 전신을 싸늘한 공기가 뒤덮어 버렸다.

"하아……"

갑작스런 추위에 소월은 자신도 모르게 큰 숨을 내쉬었다. 심장이 점점 빨리 뛰는 것을 느낄 수 있었다. 귓가를 아른거리던 윙윙대던 소리도 사라지고 모든 것이 또렷이 들려왔다.

다만 눈은 떠지지 않았고 몸뚱이 또한 통나무처럼 굳어버린 듯 움직이지 않았다.

"먹을 것만 쳐 받아먹던 놈이 이젠 꺼내달라고 아우성치는구만."

고약스러움이 담겨 있는 툴툴거리는 목소리.

어찌 잊을 수 있는가. 이것은 자신이 마지막으로 들었던 음성, 혈수마제 주문중의 목소리였다.

소월이 땅속에 묻힌 지 오늘로써 딱 한 달하고 보름이 지났다. 깨어나기엔 조금 이른 시간이었으니 그만큼 소월의 회복이 빨랐다고 보는 것이 옳았다.

"자, 보자……."

소월의 전신은 우윳빛처럼 희고 상처 하나 보이지 않았다.

빠졌던 머리카락은 이미 예전처럼 풍성히 자라나 있었고 잘려진 손가락 또한 원래 붙어 있던 것처럼 복원돼 있었다.

무엇보다 그의 안쪽으로 휘어 굽어졌던 오른 다리가 떡하니 펴져 있었다.

"……."

소월을 말없이 내려다보던 주문중은 그에게 물렸던 통을 빼내곤 어림 잡아도 반 장은 묻혀 있던 소월을 안고 땅 위로 올라섰다.

휘익— 탁—

차가운 동굴의 공기에 소월이 몸을 떠는 것을 알았던지 주문중은 따듯한 곰의 가죽으로 만들어진 모피 안에 소월을 내려놓곤 그를 덮어주었다.

그것은 아마도 동굴의 전 주인이었을 곰의 가죽일 것이다.

뜨스스—

따스함이 온몸을 감싸자 소월의 떨림은 조금씩 멈춰들었다.

"후……."

작게 내뱉는 주문중의 숨소리가 잡힐 듯 귓가에 들려온다.

왠지 청력이 예전과는 비교도 안 되게 좋아진 느낌이었다. 소월은 주문중이 있을 곳으로 고개를 돌려보려 했지만 뻣뻣한 나무처럼 목이 돌아가지 않았다.

"그래, 이제 슬슬 귀는 들리는가 보군."

"……."

동굴 안에 울리는 주문중의 목소리는 소월에게 마치 천신(天神)의 목소리 같았다.

"네 몸이 네 몸 같지 않고 네 뜻대로 움직이지 않을 것이다. 마치 딱딱하게 뼈가 굳어버린 것처럼 손가락 하나 움직일 수 없겠지. 알지 모르지만 네 녀석은 환골탈태를 했다. 생사혈관을 타통하면 일어나는 현상으로 피부가 벗겨지고 뼈가 바뀌어 무공을 익히기 위한 최상의 신체 조건을 갖추게 되는데 이걸 환골탈태라 한다."

환골탈태에 대한 것을 소월은 예전 집안의 서적에서 읽어본 적이 있었다. 그것은 무림인들이 엄청난 경지에 이르러 결실을 맺는 것이라 했다.

그리고 무림인이라면 모두가 동경한다는 것도 말이다.

"아……."

"잘려진 손가락도 이 노부가 가져와 원 상태로 만들었다. 무엇보다 너의 고질병이던 다리는 더 이상 절지 않을 것이다. 알겠느냐? 무공을 익히기에 가장 좋은 몸이 되었단 뜻이다."

무공을 익히기 위한 하늘이 내려주신 몸.

이것은 소월 자신이 가장 갈망했던, 그야말로 기적에 가까운 일이 아닌가.

더 이상 절름발이가 아니라는 것인가? 더 이상 그 흉한 꼴로 밖을 나서기를 두려워하며 사람들의 눈을 피해 다니지 않아도 된단 말인가.

무엇보다 이제 무(武)를 원하는 대로 익힐 수 있단 말인가!

"내가 천금신룡단의 진기를 가지고 너를 강제 환골탈태시켰다. 청력이 좋아진 것에 의아함을 가질 것이다. 그것은 탈태를 했기에 너의 육체적 능력이 기본적으로 올랐기 때문이다."

자신이 궁금해하는 것을 어찌 그리 잘 아는지, 주문중의 대답 하나하나가 소월에게 있어 온 신경을 집중하도록 만들었다.

"자, 여기까진 네가 좋아하고 기뻐할 만한 이야기들이다. 그리고 지금부터 하는 이야기는 네게 선택하고 자시고 할 수 없는 것들이다."

"……."

"강제 환골탈태라 함은 계속된 무공의 정수와 진기의 깨달음 없이 나 같은 제삼자가 강제로 그 행위를 도와준 것을 일컫는다. 내가 너를 데리고 이곳에 왔을 때 너의 목숨을 구하기 위해선 그 방법이 최선이었기에 어쩔 수 없었다만……."

살짝 뒷말에 뜸을 들인 주문중은 말을 이었다.

"기연이기도 한 동시에, 너의 환골탈태는 많은 고수들이 감수한 안정성과 흐름을 전부 단기간에 만들어낸 상태인 것이다. 즉, 바꿔 말하면 그 오랜 시간의 고통을 너는 한 번에 이겨내야 한다는 말이 되기도 하다."

"……?"

"여러 가지가 있겠지만 대표적인 것들로, 첫째, 너의 전신은 이미 오랫동안 굳어져 움직이지 않는다. 그러기 위해선 뼈를 깎는 아픔을 이겨내야 하며 너 스스로 수족을 움직여 굳은 뼈와 근육들을 살려야 할 것이다."

주문중의 말을 들으며 소월은 생각했다.

그래서 자신의 몸이 돌덩이처럼 굳어 움직이지 않았던 것이구나 라고.

"두 번째, 네 몸속의 진기는 그 양과 세기가 네가 다스리기엔 너무나 거대한 산과 같다. 몸은 무골을 타고났지만 내가진기를 다스리는 것은 네가 이제부터 풀어나가야 할 숙제일 것이다."

한마디로 말해 힘을 가지고 있지만 그 힘을 쓰는 법과 다스리는 법을 모르는 상태라는 것이다. 그것 또한 오랜 세월을 거쳐 깨닫게 마련인데 소월은 그런 세월을 단번에 뛰어넘었으니 당연한 일이었다.

"또한 너의 두 눈은 다행히도 시력을 잃지 않았다. 하나, 시력을 회복하는 덴 앞으로 일 년이 걸릴지 이 년이 걸릴지 모를 일이다. 눈은 때가 되면 스스로 열려 사물을 네게 보여줄 것이다."

이것 역시 그리하여 눈이 안 떠진 것이었구나.

소월은 손을 들어 눈을 만져 보려 했지만 그런 것이 될 리가 없었다. '스스로 눈을 뜬다'고 주문중이 말했다면 그럴 것이니 믿고 기다리는 수밖에.

"절대 금할 것은 몸이 완전해지고 시력이 완벽해진 이 년여 동안 이곳을 벗어나선 안 된다. 그것을 무시하고 밖에 나가 태양을 쬐는 날엔 너의 두 눈은 그야말로 손쓸 수 없는 상태가 된다. 이 굴 역시 너의 터져 나오려는 기를 잡아주기 위한 진법과 대처 장치들로 구성되어 있다. 적어도 너 스스로가 진기를 억누를 수 있을 정도가 되어서 밖으로 나와야 할 것이다."

소월은 주문중의 이어지는 얘기에 울컥함을 느꼈다.

이렇게까지 자신을 위해 세심하게 배려해 주는 모습에 감동한 것이다.

웬만한 사제지간이 아니고서는 이럴 수가 없는 것을……

아직 자신을 정식 제자로 거둔 것도 아니고 다 죽어가는 녀석을 이리 데려와 전설의 내단까지 아낌없이 썼다니 그야말로 감개무량한 일이 아닌가.

"마지막으로, 네게 받은 이 비급은 필요없으니 너에게 주겠다. 눈을 떴을 때 이것을 벗 삼아 지내면 그나마 무료함을 달랠 수 있겠지."

툭—

말을 끝으로 주문중은 소월이 자신의 목숨 값으로 바쳤던 비급을 던졌다.

"단, 선택은 네놈이 하는 것이니 굳이 상관은 안 하겠다만 이것이 도저히 뭔지 모르겠거든 더 이상 미련은 가지지 말거라."

그 말은 곧 비급을 자신의 것으로 만들지 못하고 자신의 판단에 쓸모없다는 생각이 들면 밖으로 가지고 나오지 말고 처분하라는 뜻이다.

"너에게 먹인 음식물로 일주일의 허기는 때울 수 있을 것이다. 일주일, 일주일 동안 최소한 움직임을 갖추지 못한다면 굶어 죽는 수밖에. 음식은 너의 후각으로 금세 찾을 수 있을 것이다. 고기들은 상하지 않도록 내가 조치해 두었다. 생고기가 아니니 안심하도록. 물 역시 그 옆에 웅덩이를 파놓았으니 잘 찾아보아라."

"하아아— 하아—!'

뭐라 감사의 말을 하고 싶은데 말이 나오지 않았다.

아니, 감사의 말보단 돌연 자신을 놓고 가버린다는 그의 말에 두려움을 느꼈기 때문에 그를 잡으려 했다.

그런 그의 마음을 아는 듯 주문중이 대답했다.

"너를 돌보느라 나는 매우 지친 상태다. 나는 여기까지다. 선택은 네가 하는 것이다. 살고 싶으면 고통을 이겨내 몸을 움직여라. 그것이 싫다면 그대로 굶어죽는 수밖에 없다."

"허어어… 하아아……."

"……."

못내 소월을 버리고 가는 듯한 마음이 들어서였을까?

주문중은 잠시 생각에 잠기는가 싶더니 품을 뒤져 작은 환약이 열 알 정도 담긴 주머니를 내던졌다.

툭—

"배가 고프면 그 환약을 복용해라. 적어도 삼 일은 허기를 모를 것이다. 열 알 정도 들었다."

몸을 돌린 주문중은 더 이상 뒤돌아보지 않았다.

소월도 더 이상 소리 내어 그를 부르지 않았다. 자신이 가야 할 길이 이제 확실히 정해졌음을 알았기 때문이다.

드드드드—

입구를 막아선 바위가 움직이는 것을 알 수 있다.

그리고 그것이 다시 닫히는 것도 알 수 있었다.

"아직 결정하지 못했다, 너를 나의 제자로 거둬들일지 말지……."

입구가 닫히기 전 마지막으로 바람을 타고 날아온 주문중의 작은 중얼거림은 소월에게까지 닿았다.

第七章

혈수마제(血手魔帝) 주문중

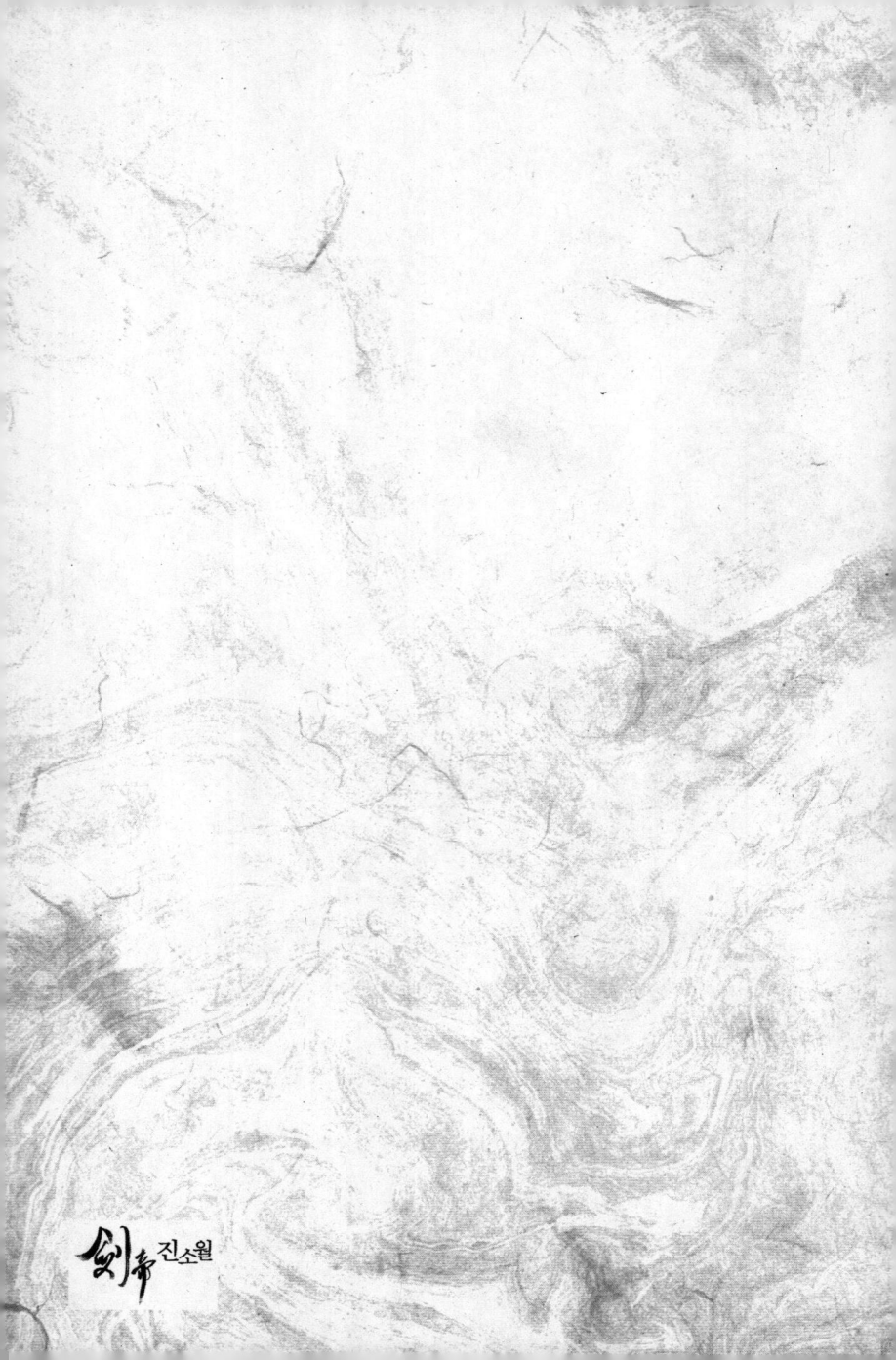

劍帝 진소월

몸을 들이세우면 음침한 기운에 자신도 모르게 고개를 조아리게 되는 기이한 방, 그리고 미약하지만 달콤한 음성이 새어나오는 곳.

그곳에는 요 근래 들어 살수들의 집단으로서 가장 사람들의 입에 오르내리는 천방제의 천방제주가 자리하고 있었다.

"제주님, 혈성입니다."

"들어오라."

낮은 목소리는 듣는 이로 하여금 저절로 고개를 숙이게 했다.

문으로 들어서자마자 무릎을 조아리고 고개를 숙인 혈성이 무겁게 입을 열었다.

"제주님, 장각을 비롯한 두 명에게서 연락이 끊긴 지 벌써 한 달여가 지났습니다."

혈성이 고개를 조아린 앞에 자리한 천방제주.

그의 품 안엔 나체의 한 여인이 고양이처럼 웅크린 채 자리하고 있었다. 그녀는 혈성이 자리에 들어서든 말든 새하얀 살결을 이용해 천방제주의 온몸 구석구석을 더듬고 있었다.

"벌써 그리됐는가."

천방제주의 무심한 말투에 혈성은 눈썹을 꿈틀거렸다.

이자는 어찌 한 제의 제주로서 자신의 수하가 죽어가는 것에도 저리 무심할 수 있단 말인가.

'도대체 초대 제주님께선 어디서 무얼 하고 계신단 말인가.'

그들이 믿고 따랐던 처음의 천방제주는 몇 해 전 돌연 모습을 감추며 저자를 새로운 제주로 내세웠다.

초대 제주와 함께 만났을 때 처음 본 그의 강렬하면서도 차가운 눈빛이 지워지지 않는다. 그것은 마치 살수로 태어나기 위해 하늘이 만들어준 모습 같았다.

"……."

그때만 하여도 대단함을 갈무리한 자라 생각했는데, 젊음이라 표현되는 그 나이쯤은 아무것도 아니라 생각해 머리를 조아리는 데 망설임조차 없었던 것을…….

"다른 두 명만 보냈을 때 일이 이렇게 된 것이라면 그러려니 하겠지만, 이번 수색에는 장각을 비롯한 신인 정예 두 명을 함께 딸려 보냈었습니다."

"그거 큰일이로군."

이번에도 별반 감정이 묻어 있지 않은 대답이 돌아왔다.

"으훗훗~!"

천방제주의 손이 여인의 젖무덤을 쓰다듬자 얼굴이 화끈거
릴 정도의 끈적끈적한 교성이 공간을 가득 채웠다.

덕분에 혈성의 심기는 시간이 지날수록 불편해졌다.

"……아무래도 무엇인가 수가 틀린 듯싶습니다."

"그럼 어찌해야 하겠는가?"

아니나 다를까.

그는 천방제의 일에는 관심이 없었다.

천방제가 더욱 높게 올라갈 수 있는 흐름을 스스로 끊어버
린 것이다.

결국 머리가 딴 짓을 하면 죽어나는 것은 그에 딸린 팔과 다
리다. 머리가 없는 팔과 다리로선 분명 한계가 있다.

"크흠—"

혈성은 천방제주 앞에서 다소 불편한 기색을 내비쳤다.

고압적인 분위기에도 그가 이런 내색을 비출 수 있는 건 자
신의 이런 반응도 천방제주에겐 별 감흥을 못 줄 것임을 잘 알
기 때문이다.

여인의 젖무덤을 쓰다듬던 그의 손은 점점 아래로 향했다.

"하앙~ 하아아~"

여인의 끈적끈적한 신음 소리가 한층 더 끈적이고 격하게

변모함에 따라 혈성의 찡그림은 극에 달했다.

'그대로 나아갔다면 아마 전 무림을 공포로 묶었던 살수집단 사흑련의 명성도 넘보았을 것을……'

더 이상 그때의 명성을 올려다보며 달려나가던 천방제는 이곳에 없다. 덕분에 혈성 자신이 예전 천방제에 가졌던 열망과 충성 또한 이제는 보잘것없을 정도가 되어버렸다.

"아룁니다. 먼저 그들과 마지막으로 연락이 닿은 장소를 시작하여 그 일대를 샅샅이 뒤지고 흔적을 찾아야 할 것입니다. 전서구 외에도 여러 표식이 있으니 보름이면 실마리를 추적할 수 있을 것입니다."

"장각이 우리 본 제에서 서열로 따지자면 몇 번째 위치에 있는가?"

제주가 처음으로 서열에 대한 궁금증을 내비춘다.

"서열 십위 안에 드는 자입니다."

"그럼 장각만 한 실력의 정예들은 전부 몇이 있는가?"

"서열을 배제하고 정예만 추린다면 적어도 삼십여 명은 넘을 것입니다."

제주의 물음에 혈성은 망설임없이 대답했다.

그만큼 자신도 있었고 그러할 것이라 생각했기 때문이다. 못해도 장각보다 실력이 낮거나 대등한 자가 이곳엔 삼십여 명이 넘게 있다. 그들뿐 아니라 그 밑의 살수들까지 셈한다면 그야말로 어마어마한 숫자가 분명했다.

"그렇다면 아직 큰일은 아니로군."

그는 더 이상 대꾸없이 하던 일을 마저 하기 시작했다.

스윽—

천방제주의 손놀림에 철저히 농락당한 여인의 몸짓은 점점 욕망에 타오르듯 끈적임을 더했다.

"하아… 하아……."

거칠어진 숨결을 천방제주의 귓불에 가득 불어댔다.

가늘고 긴 여인의 손이 천방제주의 가슴팍에서 빠져나오지 않는다. 그것은 욕망에 이성을 잃은 교태스런 몸짓이었다.

"크흠—"

또다시 혈성의 불편한 기침이 내뱉어졌다. 이쯤 되면 아무리 무심한 자라도 뭔가 반응을 보일 법한데 저놈의 제주는 고개 하나 까딱하지 않았다.

"확실히 전력적으로 본다면 그리 큰일은 아닙니다. 하나 여태껏 실마리도 보이지 않던 일이 갑작스레 전개되는 것이 꺼림칙한 느낌입니다."

자신이 알기론 근 이 년, 그 이 년 동안 실마리 하나 없이 진행되던 일이 이렇게 갑작스런 동료들의 죽음과 함께 터져 나온 것이다.

그것도 상대는 무림의 고수를 찾아 암살하는 것이 아닌, 장애를 가진 어린 소년을 찾아 죽이거나 그가 가진 물건을 찾아오는 지극히 단순한 것이 아니었던가.

"이 일의 의뢰인은 분명 진가의 진환륜이었지."

제주는 혈성의 말에 대답을 하면서도 손을 멈추지 않았다.

"아흥! 아아~"

더불어 방 안의 공기는 끈적이다 못해 이제 숨을 들이켤 때마다 뜨거운 느낌까지 났다.

"예, 약 이 년 전 이 일을 의뢰하며 거금을 내놓았습니다."

"의뢰 내용은 진소월이라 불리는 조카를 찾아 집안에서 사라진, 대대로 내려오는 비급을 되찾아오는 것이라 하였다."

그런 자잘한 의뢰의 내용까지 제주가 내뱉었을 때 혈성은 내심 놀란 가슴을 진정시켜야 했다.

"예, 통상적으론 조카를 찾는 것으로 보이나 목적은 비급일 겁니다. 생사보다 그것에 집착한다는 것은 반대로 조카의 목숨을 취해서라도 비급을 얻어야겠다는 뜻이겠지요. 아마 진가의 화재 사건도 그가 꾸민 일일 것입니다."

혹 이자는 모든 것을 모른 척하면서 사실은 전부를 세세히 알고 있는 것은 아닐까 하는 과대망상이 혈성의 안에서 꿈틀거린다.

그래 봐야 그는 색(色)을 탐하는 데 전혀 늦춤이 없는 모습을 보이고 있었다. 그의 손가락은 이미 반쯤 벌어진 여인의 입 안으로 들어섰다.

"어차피 우리 천방제는 의뢰와 그에 대한 대가만 주어진다면 무슨 일이든 하는 살수집단. 동기를 제대로 밝히지 않은 꿍꿍이 의뢰와 갑작스레 닥친 예상하지 못한 이변이라……."

"예, 이번 의뢰는 꽤 여러 가지로 골치 아플 것 같습니다."

"진환륜은 이 일에 대한 보고를 받았는가?"

"아직 알리지 않았습니다. 그 역시 지금은 무림맹에서의 입지를 다지느라 우리 쪽과 접촉하는 것을 잠시 자제해 달라 하였으니."

아무렴.

정의와 대의를 세운다는 무림맹의 일원으로 그 입지를 다져야 하는 상황에 자신들과 같은 살수단이 집안을 들락날락하면 모양새는 물론 그에 대한 자질까지 의심받을 테니 꺼릴 만도 했다.

"고고한 척하는 녀석일수록 뒤가 구린 법이지. 어찌 되었든 소중한 의뢰인이니 그렇게 해줘야 하겠군. 그리고 지금 곧 서열 삼십위 안쪽의 살귀 중 빼어난 이들 몇 명을 추려 이 일을 빨리 마무리 짓도록 하라."

"제주님은 이 일이 그리 큰 사태라 생각되십니까?"

"좋은 느낌은 아니기 때문이다."

제주의 말에서 뭔가 알지 못할 뉘앙스를 느꼈지만 혈성은 군소리없이 고개를 끄덕였다. 오늘처럼 제주가 한 가지 의뢰에 깊이 관여한 적이 없었기 때문이다.

물론 여인을 안고 있는 그의 손놀림은 멈춰지지 않았다.

오히려 더욱 교묘히 그녀의 구석구석을 공략해, 안겨 있는 여인은 고개를 뒤로 젖힌 채 정신을 차리지 못하고 있었다. 계속해서 몸을 비적거리는 것이 혈성의 눈살을 찌푸리게 했다.

아니, 더 이상 찌푸려질 인상도 없었다.

"제주님의 뜻이 그러하시다면……. 혈성, 제주님의 명을 받듭니다."

분명 마주하기도 껄끄러울 정도의 두 사람의 행동을 짐작하는 혈성이었으나, 그는 오랜만에 보고다운 보고를 하고, 명령 같은 명령을 받고 밖으로 나섰다.

"아아아……."

그가 방에서 나선 때부터 시작된 신음 소리는 혈성이 혀를 차도록 만들었다. 분명 남녀가 얽힘으로 나오는 민망한 소리는 그곳을 벗어나는 혈성의 발걸음을 빠르게 했다.

"저런 이가 천방제주라니……. 색에 빠진 오만한 애송이가……."

"……."

보고를 마친 혈성이 점점 방에서 멀어짐이 느껴졌다. 천방제주는 밑에 깔려 끈적끈적한 숨을 내뱉는 여인을 내려다보았다.

"하아… 하아……."

자신의 허리를 감고 있는 여인의 매끄러운 다리를 슬쩍 풀어낸 그는 짧게 말했다.

"그만 됐다."

"아아… 나리, 조금만 더……."

하나, 벌써 벌겋게 달아오른 표정만큼이나 자신을 주체하지 못하는 여인은 찰거머리처럼 그의 몸에서 떨어지려 하지 않았다.

그런 여인을 내려다보던 천방제주는 손을 빠르게 튕겼다.

탁!

"……?"

풀썩—

그의 손가락이 여인의 혈을 빠르게 짚자 여인의 몸은 썩은 짚단마냥 힘없이 침상 위로 스러져 내렸다. 쓰러진 여인을 이불로 덮는 천방제주의 얼굴은 냉소를 띠고 있었다.

혈성은 천방제주를 똑바로 쳐다보지 못했기에 몰랐지만, 여인이 자신의 몸뚱이를 휘감고 여기저기 애무를 하든 말든 그는 처음부터 차갑고 무심한 표정을 짓고 있었다.

슥—

거칠게 풀어헤쳐진 옷매무새를 다듬은 그는 탁자로 몸을 옮겨 의자에 걸터앉았다. 뜨겁게 달아올랐던 넓은 방 안은 이미 스산함으로 뒤덮인 지 오래였다.

"……."

그 뒤로도 침묵 속에 오랜 시간을 보낸 천방제주는 천천히 방 안에서 가장 어두운, 구석진 곳을 응시하며 나직이 입을 열었다.

"들리는 소식에 의하면 혈수마제 주문중이 무림에 다시 나타났다는 소문이 있다. 그걸 알아보도록 하라."

그러자 놀랍게도 어둠 속에서 카랑카랑한 목소리가 튀어나와 그에게 답했다.

"명을 받듭니다. 그리고 저번에 말씀드렸던 건에 관해선 어찌……."

듣고 있는 것만으로도 귓속을 긁어내는 묘한 불쾌감을 주는 목소리였다.

"뭐, 이빨을 내보여도 물려고만 않으면 놔둬도 되겠지."

"알겠습니다."

천방제주의 대답에 카랑카랑한 목소리는 짧은 답변만을 남기곤 조용히 어둠 속으로 사라졌다.

*   *   *

사건이 있은 지 일주일 후.

쉬이이―

본격적으로 초겨울에 접어든 산바람은 냉기가 서렸다. 소월을 쫓아 천방제의 자객들이 들어섰던 청승의 뒷산으로 한 무리의 수상한 자들이 발을 디뎠다.

스슥―

몸놀림 하나하나에 신중이 가해져 있었고, 사방을 돌아보는 눈초리에는 마치 매서운 매의 눈을 방불케 하는 듯한 날카로움이 있었다.

행여 지나가는 길에서 그들과 마주치기라도 한다면 단번에 고개를 숙이고 멀찌감치 떨어져야 할 것 같은 날카로운 살기 또한 흉흉히 퍼뜨리고 있는 자들.

"장각을 비롯한 나머지 두 명의 연락은 이곳을 마지막으로 더 이상 받지 못했다."

"하지만 우리 다섯 명이 전부 모여 처리해야 할 일이 생길 줄은 몰랐군."

슥—

장각이 남긴 서신의 발신지를 대조하며 그들의 행보를 추적한 끝에 결국 이곳까지 발을 들여놓은 그들은 천방제에서 신속히 파견한 서열 삼십위권 안의 살귀들이었다.

입을 열면 하나같이 음산함을 뿜어내는 이들은 마을에 들어서 처음으로 서로의 의견을 내고 있었다.

돌연 갑작스레 사라진 동료에 대한 의문과,

"거물 급 목표가 아니라 제주님의 명이 있었다고 한다. 원래 의뢰 내용은 진소월이라는 소년과 그가 가진 비급의 행방을 찾는 것이라 했다."

"허, 그야말로 견문발검(見蚊拔劍:모기를 보고 검을 빼내 든다)이로군."

"하나 일은 생각만큼 잘 풀리지 않은 모양이야. 그 결과 우리가 이렇게 전부 한자리에 모이는 일이 되어버렸고."

일급 살인 의뢰에나 쓰이던 자신들을 별거 아닌 것이라 생각되는 임무에 파견시킨 천방제주의 명에 대한 의문을 안은 채 말이다.

"장각이라면 이 정도 일을 처리 못할 리가 없을 텐데……."

머리를 괴상하게 꼬아 매듭진 살귀의 중얼거림에 곁에 있던 이가 궁금하다는 듯 물었다.

"그를 잘 아는가?"

"살수에 맞지 않게 어느 정도 정을 가진 자다. 실력은 이곳에 있는 이들보단 다소, 아니, 현격하게 떨어지겠지만 사람을 찾는 일에 있어선 우리보다 위였을 거다."

"그럼 그쪽 방면 일의 연장선이 아니길 바라야겠군."

장각은 천방제에서 살귀가 아닌, 사람을 찾는 일에 더욱 무게가 실려 있는 자라는 말이다.

그런 자가 이 년여 동안을 못 찾은 표적을 자신들이 찾아야 하는 것이라면 상당히 골치 아파지는 것이다.

"여기다."

"……?"

아까부터 몸을 수그린 채 땅바닥을 쓸고 다니던 작은 체구의 사내가 돌연 어느 한 지점에서 멈춰 코를 킁킁거리기 시작했다.

"흑포를 만들 때 첨가한 희미한 향이 이곳에 남아 있다."

"찾았는가?"

"의심할 여지 없이 이곳이 마지막 연락 장소다."

"그리고 이곳에서 일을 당했다는 것이군."

작은 체구의 남자가 가리킨 곳으로 걸음을 옮긴 이들은 저마다 각각의 말을 내뱉었다.

개중 한 명이 검붉게 변해 있는 땅을 내려 보더니 안색을 굳혔다.

"이 흔적은?"

"독공이군, 그것도 여태껏 본 적이 없을 만큼 지독한."

독공이란 말에 다른 모든 이들이 얼굴을 굳혔다.

"우리 전부를 이곳에 모이게 한 보람이 있겠군."

무를 익히는 자에게 있어 두려운 것을 꼽으라면 열 중 여섯은 독을 꼽았다. 여태껏 쌓아올린 무공이 허망할 정도로 독으로 인해 목숨을 잃은 자들이 즐비하기 때문이다.

"독공이라면 적어도 정파 쪽 인물은 아니라는 거군."

"꽤 까다로울 상대로군."

"하지만 반대로 독을 쓰는 자라면 우리 쪽일 경우도 있다."

독은 자신들의 암살 도구로 쓰일 정도로 그에 대한 대비가 되지 않은 자에겐, 아무리 출중한 능력을 가진 무림인일지라도 확실한 효과를 보였다.

그러다 보니 이렇게 독을 주로 쓰는 자에게 있어선 독과 늘 가깝게 지내는 자신들이 오히려 상대하기 편한 경우도 있다.

"독공을 쓴다는 건 우리가 제대로 된 상대를 만났다고 해야 하나."

보통 독공이나 독이 묻은 암기에 당한 시체의 피는 땅에 스며들어도 보통의 색보다 조금 더 어두워져 검은색에 가까워지곤 한다.

하나, 지금 자신들이 내려다보고 있는 땅은 검붉다 못해 마치 방금 불이라도 피우고 난 마냥 검지 않은가.

"그거야 맞닥뜨려 봐야 알겠지. 내 생에 이 정도로 지독한 독장의 흔적은 본 적이 없으니."

이것은 상대의 독이 그만큼 지독하다는 것을 말해주는 것이기도 했다.

우선 독장의 흔적을 발견했으니 그들은 이제 그 주변을 샅샅이 뒤져 또 다른 단서를 찾아내는 데 주력했다.

상대가 독을 쓰는 자임을 알아냈지만 여전히 그에 대한 정보나 위치는 오리무중이었다.

게다가 이것으로 소년과 비급을 찾는다는 임무는 지독한 독공을 쓰는 자를 제거해야 하는 제삼의 상황으로 변하게 되었다.

"이곳이다."

"찾았나."

"멀리도 왔군."

한참 여기저기 수색하던 그들은 멀찌감치 떨어진 곳에서 작게나마 균열이 뻗어 있는 나무를 찾아냈다.

회색빛을 띠는 것이 죽어가기 시작한 지 얼마 안 된 나무다.

"이 균열은 외부의 타격으로 생긴 것이로군."

"역시 이쪽에도 독공의 흔적이 희미하게 남아 있다."

처음에는 외부의 충격으로 균열이 났겠지만 시간이 지나 겨울로 들어서며 그 균열을 통해 나무는 죽어가고 있었다.

그렇다.

이곳은 주문중이 도망치던 연성지를 쫓아 그의 숨통을 끊었던 곳이고, 나무의 균열은 나무에 크게 부딪친 연성지에 의해 생긴 것이었다.

이것은 그야말로 살귀들이 아니라면 찾을 수 없는 흔적. 또한 그들이 찾아낸 것은 그뿐만이 아니었다.

"추적향을 쓴 흔적이다. 하지만 미묘하게 다르군."

"낌새를 알아낼 수 있는가?"

추적향이란 말이 나오자 모두가 반색을 했다.

추적향이라면 상대를 찾아내는 데 있어 그야말로 최고의 방법이었으니 말이다.

"흠… 킁킁… 그러니까… 흐음."

작은 체구의 사내는 주변을 몇 번 킁킁거리더니 고개를 가로저었다.

"연락이 두절된 지 석 달, 그리고 우리가 이곳까지 오는 데 걸린 기일이 일주일. 아무리 강한 추적향이라 하더라도 이렇게 오랜 시간은 무리지."

"음, 아무래도 어려운가."

"게다가 상대는 몇 가지를 뺀 나머지 흔적은 전부 지워 버렸어. 우리가 알아챈 독공의 흔적도 이래서는……. 일부러 남겨 뒀다고 생각할 수밖에 없겠군."

이렇게 되면 상대에 대한 짐작은 하나로 좁혀졌다.

"상당히 자신의 힘을 과시하는군."

"이 정도 독장의 흔적이라면 그럴 만도 하지."

상대는 '오만(傲慢)'이 극에 달한 자.

흔적을 알아차릴 수 있을 정도로 남겨놨다는 것은 곧 자신들이 이렇게 뒤를 쫓을 것을 알았다는 소리다.

바꿔 말하자면 장각과 두 명이 천방제라는 사실을 알고도 죽였다는 것이고, 독장의 흔적을 남김으로써 자신의 실력을 흔적을 찾는 이들에게 보여준 것이기도 했다.

이것은 '나의 실력이 이 정도이니 더 이상의 추적은 위험할 것'이라는 경고나 마찬가지.

때마침 추적향의 기척을 조사하던 작은 체구의 사내는 뭔가 발견한 듯 한참을 그곳에서 떠나지 않다가 놀랍다는 듯 말꼬리를 흐렸다.

"허, 이것… 추적향이 아니로군."

"추적향이 아니라고?"

"서표, 그게 무슨 말이지?"

다른 이들은 놀라며 한달음에 서표라 하는 사내의 곁으로 몰렸다. 서표는 조심스레 바닥의 작은 병 조각을 들었다.

"이 병의 모양…… 어째 냄새가 추적향과 미묘하게 다르다 했는데 이것은 상대의 살가죽에 표식을 남기는 천리미향(千里迷香) 중 하나인 사향(死香)의 냄새다. 아마도 만약을 대비해 셋 중 누군가가 지니고 있었나 보군."

"그렇다는 것은……."

반색하며 묻는 동료들에게 서표는 잔혹한 웃음을 흘렸다.

"상대가 고수라면 표식은 일찌감치 지워졌겠지만 그 특유의 향만큼은 몇 달 정도로는 사라지게 할 수 없지. 그래, 우리 천방제의 사람을 죽인 놈을 찾아낼 수 있다는 거다. 그것이 함정이든 아니든 말이지."

북적이는 사람들로 어수선한 객잔.

계속해서 밀려드는 손님들과 주문 소리, 대낮부터 취해 고래고래 소리를 지르는 이들까지 보이는 곳. 그야말로 평범한 객잔의 모습이었다.

탁—

객잔의 구석진 곳에 자리 잡은 주문중은 조용히 술잔을 기울이고 있었다.

쪼르르—

눈앞에 놓인 먹음직한 안주는 손도 대지 않은 채 무엇을 그리 생각하는지, 골똘한 모습으로 천천히 술잔을 비우고 다시 그 안을 가득 채웠다. 그러기를 벌써 몇 병째다.

"저, 나리, 고기를 다시 데워올깝쇼?"

점원의 조심스런 물음에도 주문중은 대답 대신 조용히 술잔을 기울일 뿐이었다.

그 모습에 점원조차 고개를 갸웃하며 뒤로 물러섰다.

"어떤 형태로든 결국 세상에 나오게 되었는가."

쪼르르—

더 이상 잔을 채우지 못하고 술병을 내려놓은 주문중은 그제야 눈앞의 고기 한 점을 집었다.

그러자 불현듯 굴 안에 있을 소월의 모습이 떠올랐다.

"큼, 녀석이 이젠 좀 움직이려나 모르겠군."

그가 소월을 굴에 놔두고 밖으로 나온 지 벌써 보름이 다 되어간다.

그리고 동굴을 나서며 소월에게 내뱉은 차가운 말과 달리 그는 삼 일에 한 번씩 소월의 상태를 지켜보기 위해 몰래몰래 동굴을 찾았다.

'나 주문중이 무림에 몸을 내던진 뒤 이리 오지랖을 떤 적이 있었던가.'

어째 자신이 이런 행동을 하는 것일까.

주문중은 인정해야만 했다.

소월을 처음 만났을 때부터 자신에게 거부할 수 없는 뭔가가 자꾸 꿈틀거린다는 것을 말이다.

"쯧."

주문중 자신은 모르겠으나 그것은 분명 연민의 감정일 것이다. 그의 어린 나이에 겪은 고통과 앞으로의 운명에 대한 연민 말이다.

왠지 소월을 생각하자 주문중은 입맛이 떨어져 잡았던 고기를 다시 그릇 위에 내려놓았다.

그리곤 객작의 입구를 향해 태연히 입을 놀렸다.

"객잔의 싸구려 술이라도 내 안의 벗[友]을 안주 삼아 마시면 때론 명주가 되는 것을……. 이리 불편한 시선이 느껴지니 어찌 벗을 불러 술을 즐길 수 있겠는가."

터벅터벅—

"이제야 찾았다. 사향의 냄새를 가진 자."

찰캉— 찰캉— 차르륵—

무거운 발소리, 그리고 그에 맞춘 쇠의 부딪침 소리에 순간 객잔 전체는 침묵에 물들었다.

"첫 대면치곤 살기가 너무 흉흉하구나."

어느새 주변에 범접할 수 없을 정도의 날카로운 살기를 내뿜으며 객잔 안으로 들어선 네 명의 사내는 주문중 앞에 나란히 섰다.

"영감, 우리가 어디서 온 건지 모른다 하진 않겠지."

"모른다면 알도록 만들어주겠다."

영감이라는 서표의 말에 주문중은 이맛살을 짙게 찌푸렸다.

"영감?"

주문중과 눈이 마주치자 그들은 몸을 떨었다.

'……?'

'무, 무엇이냐, 이 압도당하는 분위기는.'

'보통 영감이 아니다.'

이 네 명의 사내는 바로 사향의 냄새를 찾아온 살귀들이었다.

그런데 이상했다.

분명 자신들이 다가가기 전까지 술을 마시던 이 노인은 왠지 흐리멍덩하면서 허점투성이였는데, 막상 눈앞에 대면하고 보니 손가락 하나라도 잘못 까딱했다간 두 동강 날 것 같지 않은가.

슉—

주문중이 뿜어내는 박력에 그만 사내들은 놀라 뒤로 몸을 뺄 뻔했다.

'이 무슨 말도 안 되는 살기인가.'

'우리가 시선을 피하고 싶을 정도의 인물이라니… 대체…….'

자신들의 몸이 먼저 반응한 것이다.

'참아야 한다. 공격하는 순간 올가미에 걸려드는 것이다.'

그나마 상대의 위압에 반사적으로 무기를 뽑아 들지 않고 각자가 참아낼 수 있었던 것은, 그들이 지속적으로 받은 살귀로서의 훈련 덕분이었다.

게다가 천방제에서 삼십위, 상위에선 십위 안에 드는 그들이 단지 시선을 마주친 것만으로도 우왕좌왕했다면, 제이의 사흑련이라 불릴 뻔했던 천방제로서의 위엄 또한 서지 않았을 것이다.

"어린 잡배 놈들이. 쯧! 이놈이나 저놈이나 천방제에서 나온 놈들은 하나같이 노인을 대하는 예의라곤 쥐뿔도 없군."

"본 제 살수들의 목숨을 빼앗은 자에게 어찌 예의를 지키겠는가. 게다가 우리에게 노인은 없다. 단지 의뢰자와 대상자만 존재할 뿐."

소월의 생각에 잠시나마 젖어 있던 감상적인 분위기도 사내들의 등장에 훨훨 날아갔다. 주문중은 부리부리한 눈을 치켜세워 사내들을 위압적으로 훑어봤다.

"내 아무리 오랜 기간 세간에 나오지 않았다지만 어찌 제의 살귀들이 날 못 알아보는지……. 쯧."

한차례 혀를 찬 그는 말을 이었다.

"내가 남겨둔 경고를 보았음에도 찾아왔단 말이지."

"……그렇다. 당신이 남긴 독장의 흔적, 똑똑히 보았다."

상대적으로 다른 세 명보다 체구가 작은 서표가 그 말에 답했다.

슬쩍 눈을 돌려 바라본 노인의 손등엔 사향의 표식이 없었다. 엔간한 고수라면 지울 수 있다 하였으니 당연히 노인의 손에 그 표식이 남아 있을 리가 없겠지.

하나, 지울 수 없는 사향 냄새는 그가 자신들의 동료를 죽인 자라 말해주고 있었다.

꿀걱—

한마디 한마디를 꺼내는 것이 이리도 힘든 적이 있던가?

앞서 말했듯 그런 독장을 보는 건 서표로서도 꽤나 놀랄 일이었다.

그 정도의 독장을 쓰는 자라면 오만할 것도 이해가 간다.

하지만 자신들은 이미 숫자적으로도 상대를 압도하고 있었고 나머지 한 명은 만약을 대비해 이미 암습을 준비하고 있지 않은가.

그것에 안심하도록 마음을 다스린 서표는 말을 이었다.

"하나 그 정도로 우리의 눈을 벗어날 순 없지. 사향의 표식을 지운다 해도 냄새까지 없앨 수는 없다. 결국 당신이 아무리 날고 기어봐야 우리 손바닥 안이라는 거다. 게다가 우리는 이미……."

돌연 주문중이 서표의 말허리를 잘라내며 큰 웃음을 터뜨렸다.

"크크! 재미있구나! 나를 알아보지 못하는 것은 시대가 변했다고 하겠지만 이 혈수마제 주문중이!! 너희들 손바닥 안이라 이거냐? 크하하하!"

주문중의 한마디에 객잔의 모든 시선이 그들에게 옮겨졌다.

"뭐, 뭣?!"

"혀, 혈수마제 주문중?!"

"혈수마제!!"

"저, 저 사람이 혈수마제?!"

혈수마제 주문중이라니! 사칭이라 해도 감히 함부로 그 이름을 입에 담기 어려운 것. 게다가 그 말이 사실이라면 더욱 큰일이 되고 마는 상황이다.

"주, 주인장, 여기 얼마요?"

"자, 잔돈은 됐소."

"주, 주문중이 무림에 나타났다!"

탁자에 돈을 던지다시피 하며 빠져나가는 이부터, 얼큰하게 취해 해롱거리던 취객까지 빳빳이 정신을 잡아 객점을 뛰쳐나갔다.

"이봐, 어서 나가야…… 어이!"

몇몇 담력있는 사내들은 남아 주문중과 천방제의 살귀들을 지켜보았지만 그것도 잠시, 제 목숨 귀한 줄은 알기에 최대한 빠른 걸음으로 객잔을 빠져나갔다.

결국, 이내 한바탕 난리를 피우며 사람들이 나가 고요해진 객잔에는 천방제의 살귀들과 주문중만이 남게 되었다.

'대단한 건 알았지만 주문중이라니……'

서표는 빠르게 머리를 굴렸다. 생각하고 싶지도 않지만 이 자가 혈수마제 주문중이라 이건가?

가공할 독장의 흔적을 봤을 때 짐작했어야 한 것인데.

이런 어처구니없는 실수를 저지르다니…….

만약 상대가 혈수마제 주문중이 확실하다면 자신들이 이 싸움에서 이길 확률은 일 할 미만이 분명했다.

"영감, 영감이 그 무림의 공적이라 불리는 혈수마제 주문중이라 이건가?"

"너희들은 늘 노부의 말을 확인하려 드는구나. 그리하면 노부는 어찌해야 할까."

웅얼거리듯 성의없이 내뱉는 목소리. 그가 자신의 이름을 밝힌 순간부터 뱀처럼 스멀스멀 기어오르는 한기에 살귀들은 얼굴을 굳혔다.

"흠……."

꿀꺽―

그렇게 조금의 뜸을 들이며 마른침을 삼키는 살귀들을 훑어보던 주문중은 입꼬리를 잔혹하게 들어 올렸다.

"답은 하나다. 너희를 모조리 죽여, 앞서 간 녀석들을 만나 그 대답을 듣도록 해주는 것이지."

순간 서표는 뒤통수를 망치로 때리는 느낌을 받았다.

'설마?'

그렇다. 애초에 그가 주문중이라면 사향의 향기를 못 알아챘을 리 없다. 그렇다면 그것은 곧 그 향기를 지우지 못한 것이 아니라 지우지 않은 것이란 소리가 된다.

"제길!! 당했다!"

올가미에 걸린 것은 주문중이 아니라 바로 자신들이었던 것이다.

쉬익!

서표의 외침이 터지자마자 그들은 뒤로 멀찌감치 물러서 각자의 무기를 꼬나 쥐었다.

그들의 이마는 어느새 축축이 젖었다.

"혈수마제 주문중이라니……."

"당황하지 마라, 석중. 우선 저자가 진짜라 밝혀진 것도 아니야."

"서표, 마령에게 신호를 보내라. 어차피 놈을 제압하는 건 힘들다. 최악의 경우 동귀어진(同歸於盡)까지 생각하여야 할 것이야."

이렇게 큰 거물이 이번 일에 관련돼 있다니. 상상조차 하지 못한 일이다.

자신들의 새로운 제주는 이 사실을 알고 있는 것인가?

"혈수마제 주문중, 당신만 한 인물이 어찌 그런 소년의 뒤를 봐주는가? 역시 당신 또한 소년이 가진 비급 때문인가?"

쇠사슬을 팔목에 감아 올린 사내는 서표가 석중이라 부른 자였다. 그 물음에 주문중은 가소롭다는 듯 느긋하게 탁자 위에 걸터앉았다.

"그게 궁금하더냐? 죽는 마당에 못 가르쳐 줄 것도 없지. 잘 들어라. 그 아인 이 노부의 손자다."

"뭐?!"

손자? 손자라 했는가? 듣도 보도 못한 일이다.

'말도 안 돼. 혈수마제 주문중에게 혈육이 있었단 말인가?'

이 사실이 알려진다면 전 무림은 발칵 뒤집힐 것이다.

주문중의 혈육이라니? 사슬을 지닌 살귀는 자신이 물어봐 놓고도 들려온 말도 안 되는 대답에 어안이 벙벙해질 수밖에 없었다.

"그럼, 이 정도 사실을 알았으니 죽어도 여한은 없을 거다."

씨익—

팔을 올리던 주문중은 입꼬리를 올렸다.

그러더니 갑작스레 등 바로 뒤편에 자리 잡은 기둥을 향해 몸을 날렸다. 그 맹렬한 기세에 누구 하나 그 앞을 막지 못했다.

"쥐새끼가 감히 호랑이의 등을 노려?"

쉬익!

놀랍게도 주문중이 손을 뻗은 기둥에선 기다란 칼이 튀어나왔다. 육안으론 분간하기 어려울 정도의 놀라운 은신술.

처음부터 땅속에서 호시탐탐 기회를 엿보던 마령이라는 사내가 분명했다.

휘릭! 쉬리릭!

튀어나온 검은 주문중을 베지 못하고 허공을 갈랐다.

주문중이 잔상을 남기며 순식간에 사라져 버린 것이다.

"……?"

"위다!"

다급한 동료들의 외침에 기둥에서 뛰쳐나온 마령은 급히 검을 회수하고 그 자리를 벗어나려 했으나 이미 늦어버렸다.

"그깟 잔재주를 믿고 노부에게 검을 뻗었단 말이지?"

우렁찬 목소리에 놀란 마령이 하늘을 바라보자 어느새 그곳엔 도깨비 같은 얼굴로 떨어져 내리던 주문중이 자신의 안면을 향해 발을 내리꽂고 있었다.

뻑!

"칵!"

터터텅!! 텅! 텅!

주문중의 발차기를 맞은 마령은 볼썽사납게 바닥을 굴러 주변 탁자와 의자들을 부수며 날아갔다.

반면, 땅에 가볍게 착지한 주문중은 큰 소리로 웃어젖혔다.

"크크크!! 그놈 참 약골이로구나!"

스윽—

주문중의 웃음이 멎기 무섭게 발차기를 맞은 마령은 조용히 자리에서 일어섰다.

뚜둑!

그는 머리를 두어 번 흔들고 흐르는 코의 핏물을 거칠게 닦아냈다.

"펫! 과연 혈수마제. 잘도 기척을 알아챘군."

"우리를 일부러 유인하는 오만함까지."

"대단하다, 과연 사람들의 입에 오를 만한 무인이다."

말을 마친 다섯 명의 살귀는 일제히 정수리와 미간을 거쳐 사혈과 직관된 여러 혈을 타동하기 시작했다.

탁— 탁탁!!

치이익!

그러자 놀랍게도 살수들의 몸이 검붉게 변하며 작은 열기가 뿜어져 오르는 것이 아닌가. 그들의 머리와 어깨 위로 작은 아지랑이가 피어오른다.

팔뚝은 평상시보다 한 배 반 이상 부풀어 올랐다.

그것을 바라보던 주문중 또한 눈을 부릅떴다.

"우리 천방제를 건드린 것이 실수임을 똑똑히 알려주겠다."

주문중은 얼굴을 딱딱하게 굳혔다. 자신이 알고 있는 범위의 무공에서라면 천방제의 살귀들이 선택한 저것은 소혼술(消魂術)이 분명했다.

시전자의 능력을 극대화시키는 대신 그 수명을 깎아 결국 죽음에 이르게 하는 금지된 수법. 정파와 사파에선 좀처럼 볼 수 없는 사악한 무공이어서 마(魔)나 혈쟁에서 버림받은, 완전히 다른 곳에서나 쓰이는 비법이기도 했다.

"동귀어진하겠단 말이지. 이 혈수마제 주문중과 말이야. 건 방진 것들."

뜨득—

주문중의 입 언저리에 작은 경련이 일었다.

그것은 그가 꽤 열이 뻗쳤다는 신호다.

어차피 자신에게 죽을 것은 변함없지만 소혼술을 쓴 자들에 게선 삶에 대한 노력이 보이지 않기에 주문중은 저 수법을 꽤 싫어했다.

"크허어엉!!"

꽈지직! 꽈득!

주문중의 커다란 일갈에 주변에 널브러진 탁자와 의자들은 충격을 이기지 못하고 날아가거나 그 자리에 부서져 내렸다.

파파팡!!

수십 개의 술병은 일제히 터져 바닥을 적신다.

"크, 크윽!!"

"사, 사자후(獅子吼)?"

갑작스레 터진 주문중의 사자후에 살수들은 저마다 급히 귀 를 막았다. 소혼술을 발동시킨 상태임에도 불구하고 몇몇 이 들은 입가와 코에서 선혈을 흘렸다.

"마, 말도 안 되는 내공이다."

"이런 제길, 소혼술까지 썼는데!"

소혼술까지 발동했음에도 오히려 단 한 번에 전세가 밀리는 느낌을 받고 살귀들의 얼굴은 납빛으로 물들었다. 이어, 그들에게 무시무시한 살기를 뻗어내는 주문중이 노성을 날렸다.

"기껏 장단을 맞춰줬더니 뚫린 입이라 잘도 나불대는구나! 천방제를 건드린 것이 실수라고? 너희야말로 이 혈수마제를 건드린 대가를 톡톡히 보게 될 것이다!!"

쉬아악!

말을 마치자마자 주문중은 살귀들을 향해 맹렬히 돌진했다. 가히 눈으로 따라잡기 힘들 정도의 속도에 그들은 옴짝달싹 못했다.

"……?"

"……!!"

단숨에 거리를 좁힌 주문중은 서표의 눈앞에 나타나 그의 가슴을 냅다 내려쳤다.

뻑! 뚜득─

"칵!!"

주문중의 주먹에 맞은 서표의 갈비뼈는 종잇장처럼 으스러졌다. 그러나 소혼술로 인해 아픔에 둔감해진 그는 날아가며 날카롭게 갈린 사슬낫을 주문중에게 날렸다.

취리릭!!

"그런 시시한 재주 따위로!"

좌락!

독사처럼 방향을 이리저리 바꾸며 날아드는 서표의 사늘낫을 간단히 낚아채 버린 주문중은 되레 사슬을 조종해 서표의 몸을 감아버리곤 그를 끌어당겼다.

"협!"

촤아악!!

어찌 된 것인지 소혼술을 써 평소보다 몇 배의 근력을 지니고 있었음에도 불구하고 서표는 주문중이 잡아끄는 대로 어린아이처럼 끌려올 수밖에 없었다.

"그렇겐 안 돼!"

"아직 더 잔재주가 남았더냐!"

미처 감긴 사슬을 풀 새도 없이 끌려가는 서표를 보호하기 위해 석장은 급히 주문중에게 날아들며 사슬을 내던졌다.

그 역시 사슬 앞쪽이 날카롭게 갈려져 있어 자칫하다가는 몸 하단이 꿰뚫릴 것이다.

촤라락!

석장이 던진 사슬은 이리저리 흔들리더니 순간적으로 수십 개로 변해 뻗어 올랐다.

"받아랏!!"

이어 사슬은 주문중을 잡아먹을 듯 뻗어나갔다.

쉬이익!

게다가 틈을 주지 않겠다는 듯 주문중이 사슬을 피하면 생길 사각을 향해 두 살귀가 내달렸다.

다다닥!

마지막 남은 마령은 이 순간에도 곧바로 몸을 숨기곤 주문중이 조금이라도 보일 틈을 찾아내기 위해 기다리고 있었다.

그야말로 천방제에 걸맞은 실력자들이 분명했다.

"홍! 눈에 뻔히 보이는군!"

하나, 그들이 상대하는 자가 누구인가.

전 무림의 공적이 될 정도로 유명하고 강한 혈수마제 주문중이 아닌가.

탁!

그는 석장이 날린 사슬을 공중으로 날아올라 가볍게 피했다. 그러나 그곳엔 이미 두 명의 살귀가 대기하고 있는 터.

자신들의 예상대로 주문중이 뛰어올라 사슬을 피하자 그들의 얼굴에 희열의 빛이 감돌았다.

"바보 같으니!!"

"죽어라!!"

쉬이익!

공중에 떠올라 무방비가 된 주문중을 향한 살귀들의 검이 번뜩였다.

"홍!"

촤락!!

그러나 짧은 냉소와 함께 주문중은 그대로 아귀에 쥔 사슬을 강하게 끌어당겼다. 그러자 몸에 사슬이 걸린 서표가 순식간에 날아들어 주문중에게 휘돌리던 그들의 칼을 대신 맞아버렸다.

퍼퍽! 퍼벅!

"끄으으……."

"서, 서표!"

"씨발!"

두 살귀의 검이 서표의 몸을 반쯤 자르고 들어가자 주문중은 기다렸다는 듯 남은 사슬을 돌려 검을 휘두른 두 살귀의 팔목 또한 감아버렸다.

좌좌락!

"젠장!!"

"제길!!"

"이대로 뭉개주마! 독지파쇄(毒地破碎)!!"

뻐억!

"칵!!"

간신히 한 명은 자신의 팔목을 잘라내며 뒤로 물러설 수 있었지만, 그러지 못한 나머지 한 명은 그대로 주문중이 날린 발차기를 고스란히 맞았다.

우득!!

"캐액!"

발차기를 맞은 살귀의 목은 힘없이 꺾이며 반쯤 찢어졌다.

연달아 주문중은 쥐고 있던 쇠사슬을 놓음과 동시에 숨이 끊어지려는 서표의 가슴 위로 연이은 발차기를 내리꽂았다.

뻐거걱!

주문중의 위력적인 발차기에 서표의 갈빗대는 산산이 부서졌다. 서표와 다른 살귀의 시체는 그대로 바닥으로 돌진하듯 떨어져 내렸다.

콰앙!

시체가 떨어지자 땅에 커다란 균열이 가는 것과 동시에 걸쭉한 핏물이 터져 올랐다. 동시에 비릿한 피 내음이 퍼져 이미 너덜해진 객잔을 가득 메웠다.

"겨우 팔 한 짝으로 이 노부의 공격을 피해보겠다는 것인가?"

순식간에 두 명의 목숨을 빼앗은 주문중의 다음 목표는 팔을 자르고 뒤로 물러선 다른 살귀였다.

쿵! 쿵! 쿵! 쿵!

주문중의 발이 내려쳐질 때마다 객잔의 바닥은 두부처럼 산산이 부서졌다. 게다가 부서진 바닥은 지독한 독에 노출된 듯 붉은 연기를 쏘아 올렸다.

맹렬하게 돌진하는 주문중의 모습은 거칠 것 없는 성난 황소 같았다.

"크악!!"

이미 피하긴 늦었다.

파밧!

뻐벅!

살귀는 팔을 들어 자신의 정수리로 향하는 주문중의 발차기를 막아볼 심산이었으나, 들었던 팔 또한 부러지며 그대로 정수리를 강타당했다.

콰직!

그것도 모자라 충격을 이기지 못한 그의 다리는 무릎이 괴이하게 꺾여 내렸다. 고깃덩어리가 된 또 하나의 시체 역시 쓰러지기가 무섭게 검은 연기를 내며 한 줌의 핏물이 됐다.

"버러지 같은 것들이 감히 나에게 이빨을 들이댄 대가다."

그야말로 독공의 무서움을 다시 한 번 일깨워 주는 무시무시하고 가공할 위력이었다.

"마, 말도 안돼……. 우리 천방제의 내로라하는 살귀들이…어찌 이리 허망하게……."

슥—

눈 깜짝할 사이 세 명이 핏물이 되었다.

괴물 같은 혈수마제.

그리고 그가 향한 다음 목표는 석장이 아닌 땅 아래였다.

"탈흡장(奪吸掌)!"

쉐아악!

돌연, 주변의 공기 전부가 주문중의 손 안으로 빨려들어 가는 듯했다. 엄청난 풍압에 주변의 부서진 잡기들까지 전부 그에게 날아들었다.

주문중은 그런 것에 아랑곳하지 않고 그대로 아래로 내려뜨린 손으로 바닥을 내려쳤다.

푸화학!

그러자 놀랍게도 땅속에 숨어 기회를 노리던 마령이 땅 위로 강제로 끌려오더니 주문중의 손에 떡하니 머리를 들이대는 것이 아닌가.

턱—!

"으으으으!"

머리가 잡힌 마령은 엄청난 고통에 반격할 생각조차 하지 못하고 몸을 바둥거렸다.

자신이 주문중의 손아귀에 빨려들어 가는 엄청난 압력.

뚜두둑!

결국 꼬리뼈부터 목까지 뼈가 으스러지는 소리가 터졌다.

"크아아악!"

"……."

한 손에 마령을 잡고 요리하면서도 주문중의 시선은 멀찌감치 떨어져 있는 석장에게서 떠나지 않았다.

"우……."

석장은 그와 눈이 마주친 순간 온몸의 피가 거꾸로 솟는 느낌을 받았다.

치이익—

주문중의 손에 잡혀 있던 마령은 이미 축 늘어져 구멍이란 구멍에서 온통 피를 흘려내고 있었다.

지독한 독에 몸 전체가 녹아내린 것이다.

툭—

구문중은 이미 걸레가 된 손아귀의 마령을 아무렇지 않게 내동댕이쳤다. 바닥에 동료를 내던지는 주문중을 바라보는 석장은 마치 뱀 앞의 쥐처럼 굳어 있었다.

'강하다. 너무 강하다. 애초부터 우리가 소혼술을 사용하든 안 하든 그의 털끝조차 건드릴 수 없었던 것인가.'

손끝 하나 움직일 수 없다.

살귀로서 살아온 그동안의 인생이 모두 부질없을 정도의 두려움이 온몸을 엄습했다.

"이제 혈수마제가 어떤 인물인지 알겠지."

"……."

한마디 말도 꺼내지 못할 정도로 얼어붙은 채 자신을 바라보는 석장에게 주문중은 살짝 누런 이를 내보이며 웃었다.

"어떠냐? 이 노부가 쥐새끼 하나 정도는 살려 보내주려 하는데, 가겠느냐?"

第八章

계략

劍帝 진소월

객잔에서 천방제의 살귀들과 주문중의 일방적인 싸움이 일어난 지 며칠이 지났다.

총 본산이 험한 황허강 북쪽, 그것도 험준하기로 소문난 허란산맥에 자리하고 있는 천방제에선 그곳을 가득 메울 놀란 목소리가 지금 여기저기서 터져 나오고 있었다.

그것은 놀라움과 혼란스러움, 그리고 불신이 담긴 외마디 외침이었다.

"말도 안 되는!!"

"뭣이? 혈수마제?"

"혈성, 그것이 확실한가?"

저마다 최대한 놀랄 수 있는 모습을 보이는 듯했다.

이곳은 천방제주를 제외한 세 명의 장로가 모여 있는 자리.

그들은 지금 진소월이라는 꼬마로부터 시작된 일을 위해 파견된 다섯 명의 상위 살귀 중 간신히 도망쳐 나온 석장의 보고를 받은 혈성의 이야기에 믿을 수 없다는 반응이었다.

"석장이 자신의 두 귀로 똑똑히 들었다 하였습니다. 물론 그 실력도 확인하였다 합니다."

"석장에게 직접 들어야겠네. 그는 어디 있지?"

도저히 믿을 수 없다는 표정의 장로 중 한 명이 석장이 어디 있는지 물었으나 혈성은 조용히 고개를 가로저었다.

"그는 소혼술을 썼습니다. 이미 초저녁쯤에 목숨이 끊겼습니다."

"소혼술을? 그건 절초와 버금가는…… 그럼 다섯 명 전부가 소혼술을 쓴 뒤 달려들었음에도 목표를 어찌 못했단 말인가?"

그 물음에 혈성은 무겁게 고개를 끄덕였다.

"그것이 상대를 더욱 주문중이라 생각하게 만드는 요인입니다."

인정하기 싫지만 본 제에 소혼술을 쓴 상위 다섯 명 살귀의 협공을 당해낼 자가 이곳에 과연 몇이나 있을 것인가?

그런 이들은 천방제주를 포함해도 다섯 손가락을 꼽지 못할 것이다.

게다가 이야기는 이어질수록 산이었다.

"그것도 그에게 손자라니? 게다가 손자라 하는 인물이 우리가 의뢰받았던 진가의 진소월이란 말이냐?"

"하지만 손자라니……. 그런 있을 수도 없는……."

"어찌할까요."

조심스런 혈성의 물음에 장로들은 발끈하며 외쳤다.

이곳의 모두가 지금은 극도로 예민해져 있었다.

"뭘 어찌한단 말인가! 그는 주변에 누군가를 두지 않기로 유명했는데…… 자신의 손자라고까지 하며 우리를 적대시한다면 분명 허튼소리만은 아닐 것이다."

주문중이라는 인물이 단순히 무림에 모습을 나타낸 것이라면 그의 동향을 지켜보는 수준에 그칠 것이니 문제될 것은 없었다.

하나, 지금 그는 무림에 모습을 나타낸 것도 모자라, 자신들과 완벽히 적대하기에 이르지 않았는가.

"만약 진소월이 진짜 혈수마제의 손자라면… 그와의 전면전을 각오해야 합니다."

말꼬리를 흐리는 혈성의 모습에 분개한 몇몇 장로가 언성을 높였다.

"그렇다고 의뢰를 물리겠다는 것인가?!"

어찌 된 것이 혈성이란 이 인물은 주문중을 두려워하는 모습을 다른 이들보다 더욱 심하게 보이고 있었다.

"상대는 무림의 공적으로 몰릴 만큼 무시무시한 자입니다. 게다가 본 제에서 보낸 살귀들 또한 허무하게 당했으니……. 그가 분명 우리 천방제를 시정잡배로 표현했다곤 하나……."

또다시 혈성이 말꼬리를 흐리며 장로들의 심기를 살폈다.

이상할 만치 살살 상대를 약 올릴 때나 쓰는 수법이었다.

"시, 시정잡배?"

"우리 천방제를 뭘로 보고!!"

"아무래도 그 늙은이가 단단히 노망이 들었나 보군!"

상대는 분명 알아주는 무림의 실력자. 하지만 작은 문파도 아니고 혈쟁이 끝난 뒤 무림의 살수단을 대표하는 천방제이다. 그런 자신들을 시정잡배 취급하고 깔아보다니…….

"자칫 잘못하단 주문중 한 명에게…….

그리고 역시나 한번 약이 오른 대상은 이성이 마비되고 말았다.

"갈!! 그럼! 본 제가 주문중의 손에 무너지기라도 한단 말인가! 아무리 그가 혈쟁의 공적이었다 하지만 그로부터 몇십 년의 세월이 지났다!!"

"적어도 주문중은 그리 생각하지 않는 듯싶습니다."

계속되는 혈성의 저자세에 이윽고 장로들의 눈에선 흉흉한 살기까지 피어올랐다.

"정말 자네가 그러고도 천방제의 사람이 맞단 말인가?"

자신들이 오랜 시간 몸을 담고 지내온 터를 누군가가 시정잡배라 칭하는 것을 참아낸다면 그야말로 정상이 아닌 것이다.

"제주님에게 이 사실을 알렸는가?"

"우선 사안이 사안이니만큼 장로님들과 먼저 이 사실의 진위를 따진 뒤 보고할 생각이었습니다."

간신히 장로 중 하나가 화를 가라앉히곤 입을 열었다.

"그렇다면 제주님에겐 이 사실을 알리지 말게. 아직도 천방제의 일에 별 관심을 가지지 않는 분이네. 굳이 이런 안 좋은 일까지 일일이 보고할 필요는 없을 걸세."

그러나 또 다른 이는 그 의견에 반대하고 나섰다.

"그건 아니 될 말이오. 상황이 어찌 되었든 그분은 우리의 제주. 이 상황을 모르심은 아니 될 것이오."

"그럼 자네는 무엇을 아뢴 뒤 그분에게 대답을 들은 적이 있는가?"

단박에 반대파를 잠재운 그가 곧바로 주변의 다른 이들을 둘러보며 말에 힘을 실었다.

"여기 그러한 자가 있다면 어디 말해보게."

"……."

"……."

"말이 나와 하는 이야기지만 우리가 목각 인형을 두고 말하는 것도 아니고 어찌 이리 무심하단 말인가? 그런 제주에게 이런 중요한 사항의 결정권을 준다는 건 있을 수 없는 일이네. 행여 말도 안 되는 명을 내리기라도 하면 어쩔 텐가?"

그러자 모두가 꿀 먹은 벙어리처럼 꾹 입을 다물었다. 그것은 암묵적인 찬성이나 다름없는 것이다.

"이번 일은 우리 선에서 처리하는 게 좋겠네. 물론 은밀할 필요는 없겠지."

결정은 났다.

"우리를 시정잡배 따위와 비교한 것을 금세 후회하게 만들어주겠다, 주문중!!"

장로들은 분개했으나, 어째서인지 벌벌 떨던 혈성은 입가에 작은 미소를 그리고 있었다.

천방제에서 장로들에게 보고를 마친 혈성은 그 길로 호북의 중림산 끝자락을 향했다. 그가 꽤 오랜 날을 거쳐 도달한 곳은 삼 년 전 화재로 흔적도 없이 타버렸다는 진가였다.

그러나 삼 년의 세월은 화재로 사라졌던 진가를 멀끔히 돌려놓았다.

물론 담벼락부터 나무 기둥 하나까지 새로 지었으니 세월의 느낌을 받을 순 없었으나 그 모양새만큼은 예전 그대로 복원되었다 할 수 있었다.

"쯧, 멍청한 늙은이들. 몇 마디에 붉으락푸르락하는 꼴이란."

혈성은 오늘 진환륜을 만나기 위해 이곳을 찾았다. 그 어느 때보다 은밀히 이곳으로 오라는 소식에 의아함을 가지긴 했지만.

뭐, 그런 적이 한두 번이던가.

또르르—

연못으로 수놓아진 뜰을 건너 나오는 별관을 지나 더욱 안쪽으로 들어서면 그곳엔 진환륜이 은밀히 만나야 하는 이들을 위해 만든 장소가 있었다.

뚜벅뚜벅—

눈앞을 막아선 담쟁이넝쿨을 따라가 보면 조그맣게 나 있는 문을 지나, 어두운 통로를 빠져나오면 나오는 사람들의 눈이 닿지 않는 곳.

그리고 무엇보다 천방제에서도 자신과 진환류 이외에는 알지 못하는 작은 정자가 있다.

"왔는가?"

그곳엔 차를 마시며 자신을 기다리는 진환류이 있었다.

"예, 대인. 그간 안녕하셨습니까?"

두 손 모아 진환류에게 정중히 인사하지만 이미 이곳에 들어서면서부터 혈성의 시선은 진환류의 옆에 있는 작은 궤짝에 가 있었다.

그런 그의 노골적인 시선에 진환류은 웃어 보였다.

"허허, 이거 말인가? 이건 자네에게 줄 내 작은 성의일세."

"감사합니다, 진 대인."

혈성이 진환류과 이런 관계를 맺게 된 것은 새로운 천방제주가 올라서고 얼마 안 있어서였다.

진가의 화재가 일어나고, 후에 천방제에 의뢰를 부탁하던 진환류의 집요한 포섭으로 혈성은 현재 그의 수족이 되었다.

"쯧, 무림맹에 다시 발을 들여놓기가 이리 힘들다니. 교활한 맹주 늙은이와 소림 중 몇 놈…… 그리고 모용세가와의 일 때문에 본래 오대세가에 뿌리를 두고 있는 우리 집안이 어찌……."

진환륜은 심기가 불편한 듯 턱을 한차례 쓸어내렸다.

혈성은 조심스레 진환륜을 바라보았다. 날카롭게 찢어진 그의 두 눈에선 탐욕이 비춰진다. 혈성은 속으로 끌끌 혀를 찼다.

'제 혈육이나 마찬가지인 사람들마저 베어버린 비정한 남자가 집안을 논하다니.'

진가의 본당이 괴한들의 습격으로 화를 입었을 당시, 그는 그 누구보다 자신의 형과 친족들의 죽음을 슬퍼했다.

아니, 모두 이들 앞에 슬퍼하는 모습을 보였다.

애절한 모습으로 세인들을 속였고, 세상에서 진실을 감춰버렸다. 모든 것은 그의 내면에 깃든 야심이 만들어낸 추악한 죄였다.

"조금 더 있으면 곧 진 대인은 무림맹의 중추에 올라설 것입니다. 조급해하지 마십시오. 들리는 말에도 많은 이들이 제갈세가에 뿌리를 두고 있는 진가의 복귀를 맹주에게 권하고 있다 하였습니다."

그리고 혈성.

자신은 그 죄의 원흉을 모시는 충실한 개가 되었다.

"그런가? 크크, 그것이 바로 재물이 가진 힘이지. 그들을 포섭하는 데 그리 큰 어려움은 없었지만 무림맹에서 주요 세력들이 아니니 일이 길어지는군. 행여 시간을 끌며 돈을 더 받으려는 수작일지도. 흥!"

진가라 하면 현 무림에서 꽤 재물을 보유한 집안으로 알려져 있었다. 게다가 요즘은 화양루와의 관계까지 만들어 나간다는 소문이 들려오기도 했다.

지금은 그 영향력이 많이 쇠퇴했으나 혈쟁의 시절, 현 맹주와 더불어 몇몇 천하제일 고수들과 어깨를 나란히 한 자가 바로 진가를 세운 그들의 조부 제갈성이었으니 말이다.

그때 얻은 많은 비급과 재물은 지금의 진가를 세울 수 있도록 한 기반이 되었다.

수완이 좋았던 둘째 아들 진환륜은 그의 형인 진륜영이 받기를 거절한 재물을 몽땅 독차지함으로써 큰 부를 축척하기에 이른 것이다.

"……."

"……."

슬슬 자신을 이곳에 부른 본론이 나올 때가 되었다고 혈성이 생각할 때쯤, 아니나 다를까,

"그래, 이번 일 때문에 보낸 전서구는 받으셨는가?"

넌지시 얘길 꺼내는 진환륜의 물음에 혈성은 입꼬리를 올렸다.

"예, 언질해 주신 대로 보고하였습니다."

"장로들의 반응은 어떠했는가?"

"예상하신 대로입니다."

혈성은 이번 주문중이 나타난 건에 대한 장로들의 반응을 다시 떠올렸다. 극심한 분개와 자신들을 능멸한 주문중에게

응당한 조치.

즉, 죽음을 내리고야 말겠다는 다짐을 하던 장로들.

물론, 자신이 중간에 극심한 분노를 느낄 만한 몇몇 얘기들을 우겨 넣었기 때문이다.

"그나저나 주문중 그 늙은이가 이번 일에 끼어들어 있을 줄이야. 우리 집안과 안면이 있는 것은 조부 때였을 것인데, 왜 이번 일에 관련돼 있는 건지 도통 모르겠단 말이야."

"진 대인, 혈수마제 주문중이 조부 때부터 안면이 있던 사이라 한다면 진소월을 자신의 손자라 하는 그의 말이 낭설은 아니라는 겁니까?"

혈성의 넘겨짚음에 진환륜의 얼굴이 일그러졌다.

"헛소리!! 우리 진가는 제갈세가 때부터 혈통을 지켜온 집안이다! 그런 무림의 잡배(雜輩) 따위가! 어찌 우리 가문에 끼어들 수 있겠는가!!"

"제가 경솔했습니다. 무뢰를 용서하십시오."

생각 이상으로 분개하는 진환륜의 반응에 혈성은 의아함을 가졌다.

분명 조부 때부터 알고 지낸 자라면 적어도 자신들과도 꽤 안면이 있을 법한데 '잡배'라고까지 표현하다니.

"어찌 되었든 그가 이 일에 끼어들었다면 내 힘만으론 어쩔 수 없는 것이 사실. 그 늙은이의 강함은 잘 알고 있으니까. 그렇다면 현 무림에서 손에 꼽는다는 살수집단 천방제의 심기를 거슬러 주문중과 맞불을 놓는다."

"……."

혈성 자신이 장로들보다 진환류에게 먼저 주문중의 일을 보고하였고, 그 결과 '천방제와 주문중의 사이를 원수 그 자체로 만들 것'이라는 전서구를 받은 것이다.

게다가 혹 모르니 천방제주에겐 그 사실을 교묘히 숨기라는 것 또한 모두 계산된 진환류의 계략이었다.

"주문중이 죽어주면 가장 좋을 것이고, 천방제가 주문중과 맞닥뜨려 사그라진다 하여도 나로선 손해는 없지. 오히려 그 때쯤이 되면 주문중의 존재가 세상에 알려질 테고, 그들과 함께 혈수마제의 잔재를 잘라 버리면 되는 거다."

애초에 주문중이란 사람은 자기를 건드리지 않으면 그 또한 천방제를 건드릴 일이 없을 인물이다. 그렇기에 일부러 천방제의 추격대들에게도 흔적을 남기면서까지 자신에 대한 경고를 보내지 않았던가.

예전 혈쟁 속에서 알려진 주문중이라면 그 길로 천방제의 본 방으로 달려왔을 것인데 그러하지 않는 것만 봐도 알 수 있는 새로운 사실이 생겼다.

그는 변했다.

자신이 누군가를 먼저 죽이는 굶주린 호랑이에서 이젠 누군가가 자신을 먼저 도발하지 않는 이상 움직이지 않는 온순한 호랑이로 말이다.

물론 일이 터진 뒤에 부리는 손속에는 그런 것은 있지도 않았지만 말이다.

"행여 천방제 쪽이 먼저 무너진다면 찾으시는 진소월은 어찌하시려고……."

조심스런 혈성의 물음에도 진환륜은 걱정없다는 투다.

"혈수마제가 있는 곳이 곧 진소월이 있는 곳이 아니겠나. 오히려 내 쪽에선 어느 쪽이 이기든 간에 편할 것이지."

"그 말씀은?"

"주문중이 죽어준다면 비급은 자연히 나에게 올 것이고, 행여 천방제가 무너진다면 그때는 천방제 안에서만 일어날 조심스런 일이 아니라 전 무림의 일이 되는 것이지."

"이미 살귀들이 죽어나간 객잔에서 주문중을 본 이들이 꽤 될 것입니다. 우선 그들의 입을 막긴 하였지만 소문이라는 것이……."

"객잔에서 '주문중이 나타났다!' 고 사람들이 떠들어도 그저 풍문에 그칠 것이네. 하나, 천방제가 무너지고 그 사실이 터지게 된다면 '무림의 공적 주문중이 다시 나타나 천방제를 무너뜨렸다' 는 말이 새로이 떠돌게 되겠지. 주문중 그가 아니고서는 절대 상상할 수 없는 일이기에 더욱 그의 존재가 공식적으로 확인되는 꼴이 될 것이고 말이야."

"그렇지요. 천방제 정도 되는 조직을 괴멸시킬 괴물은 흔치 않으니 말입니다."

"그때쯤이면 무림맹에 가담한 내가 필두로 나서 그 공적을 처리할 것이네. 물론 진소월이나 비급에 관한 일은 내 선에서 처리되어 애초부터 존재하지 않는 것으로 분류되겠지."

"아……."

치밀하다.

지금 자신의 눈앞에서 술잔을 기울이는 이 사내는 무서울 정도로 치밀하다.

'무서운… 이자가 바로 진가의 진환륜.'

현재가 아니라 앞일을 바라보는 무서운 야심가. 자신의 혈육마저 야심을 위해 베어버리기를 주저하지 않는 자.

그런 그가 이토록 찾아 헤매는 진소월이라는 소년의 정체와 그가 가진 문제의 비급에 대한 궁금증이 더욱 커져만 간다.

"수고했네. 그리고 이건 또 다른 보답일세."

재물, 이것이 바로 혈성이 진환륜의 패륜을 알면서도 그에게 붙어 있는 이유였다.

"이미 받은 돈으로도 충분한 것을…… 늘 감사드립니다."

"아닐세. 이 정도쯤이야 자네가 날 믿어주는 것에 대한 작은 성의라 생각하시게. 어서 열어보게나. 오늘은 특별한 것을 넣어두었네."

진환륜은 처음부터 혈성이 뚫어지게 응시하던, 소년의 몸뚱이만 한 상자를 그 앞에 밀어놓았다.

드드득—

밀리는 소리가 어느 정도 묵직한 것으로 보아 꽤…….

"허허, 한번 확인해 보시게나."

"예, 그럼 결례를 무릅쓰고…….."

사람 좋은 미소를 지으며 상자를 열어보길 권하는 진환륜.

혈성이 눈앞의 상자에 대한 탐욕을 자제하고 진환륜이라는
이에 대해 좀 더 의심했다면, 그리했다면 이런 일은 일어나지
않았을 것이다.

딸깍—

끼이익—

쇳소리를 내며 열린 상자 안에선 말로 표현 못할 역겨운 냄
새가 혈성의 코를 찔렀다.

취아아아—

게다가 뒤이어 괴이한 연기가 뿜어져 올라와 혈성의 얼굴을
뒤덮었다.

"콜록! 콜록! 대, 대인, 이게 무슨……?"

그 괴이한 연기를 손으로 휘저으며 당혹감을 감추지 못하던
혈성의 얼굴 표정이 순간적으로 딱딱하게 굳었다.

"……이, 이건……?"

뚜둑!

그의 부릅뜬 두 눈 위로 실핏줄이 튀어나온다.

"예전 일들이면 문제가 없겠지만 이런 일이 새어나가면 당
연히 골치 아플 것이라서 말일세. 아무래도 천방제주 그자도
신경 쓰이고 말이야."

뭔가 말을 이어야 하는데 머릿속이 하얘진 사람처럼 말을
꺼내지 못했다. 그런 그의 귓가에 나지막한 진환륜의 목소리
가 계속 이어졌다.

"게다가 슬슬 자네의 위치로는 뭘 빼내기도 힘들 테니 개로

선 더 이상 쓸모없는 일 아닌가. 그동안 수고 많았네. 개로서 말이네."

"이, 이이이!! 이!!"

덤덤하게 말을 이으며 계단을 내려온 진환륜의 손엔 어느새 검 한 자루가 들려 있었다.

스르릉—

"쯧!"

진환륜은 돌처럼 굳어 상자 안을 바라보고만 있는 혈성에게 혀를 찼다. 혈성은 도대체 무엇을 보았기에 이리 굳어 움직일 생각을 못하는 걸까.

"원래 그 아비가 무능하면 부인과 자식이 고생하는 법이지. 그래도 걱정하지 말게. 그 옆에 자네의 목도 넣어 사이좋게 묻어주겠네."

뿌드득—

혈성의 이가 강하게 갈려 부러질 듯하다.

상자에 들어 있는 것은 자신의 부인과 아들의 목이 분명했다. 감지 못해 부릅뜬 그들의 두 눈이 자신을 원망하듯 올려다보는 것만 같다.

"이, 이이!! 이 찢어죽일 놈!!"

차앙!!

혈성은 분노에 이성을 잃은 듯 허리춤의 검을 빼어 들고 진환륜을 향해 달려들었다.

"이, 이!! 개만도 못한!!"

"하하하!! 기르는 개새끼에게 개만도 못하단 소릴 들으니 썩 유쾌하진 않군."

카앙!

그러나 진환륜에게 뻗은 혈성의 검은 허무할 정도로 막혀 튕겨져 버렸다.

찌직!

검을 쳐냄과 동시에 진환륜의 검이 절묘한 타이밍으로 혈성의 어깻죽지를 찢어버렸다.

"팔 하나 따윈 내주겠다!"

혈성은 손에 쥔 칼을 던져 버리곤 그대로 진환륜의 가슴팍을 향해 손을 뻗었다.

쉬익!

그야말로 검에 찔린 어깨를 내어주고 온 내공을 실어 장력을 날리는 것이었다.

"크크! 천방제에서 장로 다음이라던 자의 장력인가?"

진환륜은 묘한 웃음을 지으며 혈성의 장력을 피하지 않고 똑같이 손을 뻗어냈다.

퍼벅!

두 사람의 손바닥이 마주하자 둔탁한 뼈 소리가 터져 나온다. 곧이어 서로의 내력 싸움으로 이어질 찰나,

"……?"

돌연, 혈성의 입가에 가느다란 핏물이 흘러내렸다.

"영 기대보다 형편없는 실력이군."

부우웅!

갑작스런 상황에 놀란 혈성은 내력을 더 쏟아부으려 했지만 더 이상 단전에 내공이 모이지 않고 흩어짐을 느꼈다.

"쿠, 쿠 쿠웁!!"

뭔가 이상할 만치 소진되는 기 때문에 진환륜의 내력을 감당하지 못한 그는 그만 한 움큼의 피를 토해내며 뒤로 물러섰다.

콰악!

그런 그를 내리 깔아보며 진환륜은 입꼬리를 씰룩였다.

"자네가 상자를 열었을 때 마신 연기는 내력을 끌어올리면 기혈이 뒤틀릴 거네. 나처럼 미리 해독제를 복용하지 않는 이상 살아남기는 틀렸지."

"이런 개 같은!!"

비열한 웃음을 짓는 진환륜을 당장에라도 찢어죽일 기세의 혈성이었지만 안타깝게도 그의 눈과 귀, 게다가 코와 입에선 핏물이 흘러나오고 있었다. 진환륜의 말대로 방금 전 내공을 끌어올림으로 기혈이 뒤틀리기 시작한 것이다.

"굳이 내가 손을 쓰지 않아도 자네는 죽겠지만 내 그동안의 정을 봐 손수 자네의 목숨을 걷어주겠네."

자신의 목 위로 검을 가져간 진환륜을 올려다보며 혈성은 조소를 날렸다.

"킥!"

그 모습에 진환륜은 잠시 검을 거두고 의아한 표정으로 물었다.

"죽는 마당에 뭐가 그리 우스운가."

"키, 킥킥! 내가 이리 갑작스럽게 사라진다면…… 분명 천방제에서 나를 찾을 것이라는 건 생각하지 않았나? 아니면, 그것까진 그 간사한 머리가 안 따라줬나 보군."

혈성은 잠시나마 승리의 통쾌함을 느낀 자의 표정을 지었다. 그 말에 진환륜 역시 한동안 얼이 빠진 모습으로 그를 내려다보았지만 그것은 오래가지 않았다.

돌연 그가 크게 웃어젖히기 시작한 것이다.

"하! 하하! 하하하! 어찌 이리도 아둔할 수가! 하하하!"

"이놈이 두려움에 실성했구나!!"

혈성의 노성에도 배를 잡지 않았을 뿐 고개가 떨어뜨려지도록 한참을 웃던 진환륜이 간신히 웃음을 멈추곤 말을 이었다.

"하아, 정말 끝까지 날 실망시키는군. 이러니 아둔한 것은 개밖에 되지 않는 것이지. 걱정하지 말도록 하게. 그러기 위해 예전부터 천방제와의 접촉을 꺼려 하는 듯 연기하며 자네를 은밀히 만난 것 아닌가."

"……!!"

"게다가 자네 시신을 없애는 것쯤 식은 죽 먹기이니 너무 걱정할 필요 없다네."

"진환륜!!"

"그만 뒈지시게."

쉬익!!

혈성은 진환류의 검이 자신의 정수리를 향해 날아드는 것을 똑똑히 보았다.

자신의 혈족을 야심을 위해 베어버리고, 그 누구도 믿지 아니하며, 가치가 없음을 알게 되면 그것을 버리는 데 주저하지 않는 냉혈한.

그런 그가…….

이젠 무림맹을 목표로 하고 있었다.

*   *   *

"하아……."

한편, 주문중이 떠나고 소월은 삼 일 동안을 멍하게 어두운 굴 안에 누워 있었다.

쉬이이— 또옥—

좋아진 귓가에 들리는 것이라곤 간간이 불어오는 바람이 바위틈을 지나며 내는 소리와 더욱 깊은 곳에서 들려오는 작은 물방울 소리뿐. 벌레 소리도 하나 들리지 않는 고요함 속에 손가락 하나 움직일 수 없는 이 답답한 상태는 소월의 정신을 미치게 만들 것만 같았다.

"……."

그 미칠 것만 같던 삼 일이 지나자, 신기하게도 어느 정도 마음의 평온이 찾아왔다. 찌뿌듯하던 몸도 무슨 일인지 조금은 개운한 느낌을 받았다.

그 이유는 이러했다.

소월은 잠들어 사실을 모르지만, 밖으로 나간 줄 알았던 주문중은 삼 일에 한 번 꼴로 몰래 들어와 소월의 몸 여기저기를 살펴주고, 그가 회복하는 데 도움이 되도록 약간의 처방을 해주고 있었던 것이다.

어째서인지 주문중은 자신이 소월을 돌봐줬다는 것을 알리지 않았다.

사정이 그러하다 보니 소월로선 아리송했지만 시간이 지나니 몸 상태가 호전되었나 하고 느낄 수밖에 없는 것이다.

어둠이 지겨워지고 점점 자신이 처한 현실을 직시하게 될 무렵, 소월은 자신이 살아오면서 겪은 많은 일들을 하나둘 정리해 나가기 시작했다.

자신이 살아온 십칠 년의 인생. 처음 자신이 기억하는 순간부터 따스함을 느끼는 가족들을 생각할 때면 어김없이 몸이 움직이지 않아도 기쁨만큼은 온몸을 지배했다.

"하하우… 하우우."

자신의 다리가 기형이라는 것을 나이가 들어 알게 되었을 때의 절망감, 자신은 남들과 다르다는 소외감, 또한 무공을 배우지 못한다는 것에 좌절했던 그 순간…….

"……."

기억의 강을 거슬러 올라가던 그는 어느 한곳에서 잠시 망설였다. 그곳은 커다란 둑을 쌓아 소월이 더듬어 올라오는 기억의 물길을 완강히 거부했다.

잊을 수 없기에 닫아놓고 숨죽였던 그날의 기억, 그날의 사건, 자신이 조금 더 나이가 있었다면, 힘이 있었다면 아비를 그리 떠나보내지 않았을 것을……

자신이 누이와 헤어진 그 낭떠러지에서 그리 복수를 다짐하였지만 결국은 자신의 몸을 숨기고 도망치는 것에만 급급해야 했다.

힘이 없었다. 마음속의 원망만큼은 그 누구보다 클 것임에도 그 대상을 이길 힘이 없었다. 그것을 원망했다.

강해지고 싶었음에도 그 방도를 찾지 못했다.

무공을 배울 수 없는 자신의 몸뚱이를, 거지 생활을 하던 그 굴 안에서 하루하루 얼마나 원망해 왔던가.

'숙부, 나는 당신을 용서하지 못합니다.'

하나, 이제는 다르다. 복수를 할 수 있는 기반이 하나둘 마련된 것이다. 주문중이 말한 기간 동안 이곳에서 치료하고 이 동굴을 나서는 순간부터 무서워 도망쳤던 그 복수의 길을 다시 걸을 것이라 소월은 다짐했다.

'누이……'

그가 잠이 들면 꾸는 꿈은 언제나 한결같았다.

자신을 돌아보며 도망치라 소리치는 그의 누이의 모습과 악귀 같은 얼굴로 자신을 쫓아오는 진환류. 그 두 사람이 겹쳐오는 악몽.

"……!!"

그러나 악몽에서 깨어났음에도 소리 한 번 크게 지르지 못하는 죽을 것만 같은 답답함이 곧바로 현실이 되어 소월을 옭아매었다.

이것을 이겨내야 한다.

그래야만 자신의 누이를 찾아낼 수 있고, 집안의 복수를 할수 있다.

독해져야 한다. 강해져야 한다.

그리고 복수를 이룰 만한 힘을 키울 수 있어야 한다!!

그리고 그날 밤.

소월은 자신의 몸을 움직이기 위해 이를 악물었다.

"끄으으! 끄으… 끄……!"

소월이 몸을 움직이기로 결심한 다음날부터 소월의 신음 소리는 하루도 끊이지 않았다.

꽤 오랜 시간을 누워 있으면서 그는 자신의 몸에 힘이 들어가는 것을 알 수 있었다. 근본적인 문제는 굳어버린 몸뚱이였다.

그리하여 그는 몸을 최대한 움직이기 위해 안간힘을 써야만했다. 하나, 힘을 주어 강제로 몸을 움직이려 할 때마다 동반되는 고통은 말 그대로 뼈를 깎는다는 것이 어떤 아픔인지를 알게 했다.

뚜둑—

"흐어어!"

처음엔 가장 손쉬울 것 같은 손가락을 움직여 보려 했으나 그 손가락 하나마저 움직이는 데 커다란 고통을 느껴야만 했다.

소월은 손가락 하나를 구부릴 수 있다 할 수 있을 정도가 되기까지는 하루라는 꽤 오랜 시간을 썼다.

"……."

소월에겐 그 시간이 더욱 길게 느껴졌다.

게다가 움직일 수 있는 것은 손가락 한 개.

그것도 자유롭게 움직이는 것이 아니고, 움직일 때마다 전보단 나아졌다 하지만 고통이 수반되었다.

'노사께서 말씀하신 기간은 얼마나 남았을까? 배가 아직 고프지 않은 것으로 보아 어느 정도 시간적 여유는 있는 것 같은데…… 그렇기 때문에 지금이라도 움직일 수 있는 몸을 만들어야 한다.'

소월은 이를 악물었다.

결국 주문중의 말대로 자신이 지금의 고통을 참지 못하고 계속 이리 누워만 있다면 배곯아 죽을 것이다.

'이렇게 손가락 하나하나를 움직여선…… 결국 죽는다.'

주문중이 남겨놨다는 음식을 먹진 못해도 적어도 눈앞에 던져준 환단만이라도 먹어 굶어죽지 않고 몸을 움직이는 데 필요한 시간을 벌어야 했다.

그러기 위해선 지금 손가락을 움직이는 데 하루를 소비하는 것보다 급한 것이 있었다.

'전신을 움직일 수 있어야 한다.'

이를 악물고 싶었지만 움직이지 않는 입을 벌린 채 소월은 팔을 서서히 접어가기 시작했다.

뜨드득— 뜨득— 뜨드드드—

"아아아!! 아아아!!"

손가락과는 비교되지 않는 아픔이 전신을 휘감았다.

원하지 않은 눈물은 눈가를 타고 떨어져 내렸다.

"으아아……."

고통을 알면서도 멈춰선 안 되는 것이다.

까무러칠 것 같은 고통에 온몸에 경련이 일어나지만 이리하지 않으면 죽는다.

참아야 했다.

예견되어 있는 죽음이라는 결과에서 조금이라도 벗어나기 위해, 지금 자신은 이 고통을 참고 악물어지지 않는 입을 닫아야 했고 바둥바둥거려야 했다.

"너는 급작스런 변화로 인해 그들보다 몇 배의 고통을 참아 이겨야 할 것이다."

주문중이 말한 엄청난 고통이 무엇인지 소월은 지금 뼈저리게 느낄 수 있었다. 그야말로 극의 인내심, 참을성과 독기가 필요했다.

"하아… 하아……!"

얼마의 시간이 지났는지 소월은 알지 못했다. 주문중 사부가 말한 약의 기운이 떨어져 허기짐을 느끼게 될 때가 지금일 수도 있고 바로 내일일 수도 있다.

뜨득—

그는 이를 악물고 계속 굳어버린 팔과 어깨를 움직이기 위해 안간힘을 썼다. 차라리 강제로 누군가 자신의 팔다리를 잡고 움직이는 것이라면 좋으련만.

이것은 자신이 고통의 주기를 정할 수 있는, 무엇보다 두려운 일이었다.

하나, 자신이 움직이면 고통스러울 것이라는 걸 알면서도 그는 움직여야 했다.

왜?

살아야 하니까. 살아서 해야 할 일이 있으니까.

뜨득—

"아! 아아아… 아아!"

그 뒤로도 한참 동안 뼈 소리와 고통에 젖은 소월의 비명 소리는 계속되었다.

"으으으……."

찌르는 듯한 뱃속의 고통에 소월은 눈을 떴다.

얼마나 정신을 잃고 있었던 것일까? 자신이 어깨와 팔을 조금이나마 움직일 수 있게 된 지 얼마나 긴 시간이 흘렀을까.

'허기가 진다……'

"……!!"

소월은 자신이 허기짐을 느끼게 된 것을 알곤 깜짝 놀라 짧은 외침을 내뱉었다. 허기가 진다는 것은 배고픔이 시작됐다는 것이다.

그 뜻은 자신이 지금 어깨와 팔을 조금 움직이는 데 일주일이란 시간을 허비했다는 것이다.

'어찌해야 하지? 아직 다리도 못 움직이는 판국에 어떻게 해서든 몸을 움직여야만…….'

뜨득!

'큭!!'

다급한 마음에 몸을 다시 움직이려 했지만 돌아오는 것은 끔찍한 고통뿐이었다. 온몸에 퍼진 고통을 잊기 위해 어느 정도 시간을 보내자 배가 급속도로 꺼짐을 느꼈다.

방금 전까지의 포만감은 마치 거짓말인 것처럼 숨을 쉬는 것조차 버거울 정도의 고약한 허기가 소월을 감쌌다.

이대로 가다간 어느 정도는 배고픔을 참으며 몸을 움직이는 데 시간을 좀 더 소비할 수 있겠다는 소월의 생각을 완전 뛰어넘을 것이었다.

"……."

이것은 그가 예전 골목의 비렁뱅이였던 시절 너무 배고파 홀로 가게의 쓰레기통에서 주워 먹었던 상한 음식에 되레 크게 토한 뒤 찾아왔던, 죽을 것 같은 허기짐과 같았다.

'마을의 극성스러운 고양이와 쥐새끼들을 죽이려고 음식에

비상약을 탈 수도 있는 것을! 그걸 주워 먹다니, 쯧! 어찌하려고 그러느냐.'

'……'

'내 뭣 좀 얻어 오마. 이제부턴 고집 피우지 말고…… 잘못 주워 먹어 죽는 것보단 거지할아비가 가져온 것이라도 안심하고 먹을 수 있는 것이 낫지 않겠느냐.'

그때, 추 노인이 없었다면 자신은 분명 거리에서 죽어나간 다른 거지들과 같은 신세가 되었을 것이다.

'할아버지……'

사람 좋은 웃음을 지으며 늘 혼자인 자신의 말벗이 되어준 그는 더 이상 존재하지 않았다. 더 이상 이리 허기져 있고 아파하는 자신의 옆에 조용히 앉아 동냥으로 얻어온 음식을 건네줄 사람은 없었다.

소월은 누구 하나 없는 이 동굴 안에서 혼자 싸워야 하는 것이다. 소월의 머릿속에 그의 누이인 소랑의 마지막 목소리가 환청처럼 들려왔다.

'소월…… 그분에게 어서…….'

'누이…….'

이어 차가워지던 몸뚱이로 자신을 끌어안고 애처롭게 말을 잇던 추 노인의 목소리가 이어졌다.

'살아다… 오…….'

'할아버지.'

그리고 꿈에서도 잊은 적 없는 진환륜의 목소리가 마지막으로 이어졌다.

'어찌하겠느냐, 이것이 너희들의 운명인 것을.'

뿌득!

소월의 이가 강하게 갈렸다.

자신도 모르게 입을 닫아버린 소월이었지만 너무나 큰 분노에 그 아픔마저 잊어버린 듯했다. 하지만 너무 무리하게 움직인 탓에 그의 목이 동시에 돌아가 버렸다.

자칫 잘못했단 그대로 목이 꺾여 죽을 뻔했음에도 소월은 멈출 생각이 없었다. 아니, 오히려 앞뒤 생각 안 하고 그 고통을 전부 받아들일 생각이었다.

'운명 따위!! 운명 따위!!'

머리가 핑 도는 어지러움이 느껴졌으나 계속해서 이를 악물었다. 그리곤 그동안 작게나마 움직일 수 있게 만든 어깨와 팔을 강하게 흔들어 몸을 뒤집었다.

툭!

그의 몸이 휙 하고 돌아갔다.

그렇게 두어 번 더 몸을 굴려 소월은 주문중이 던져 놓은 환단이 있는 곳까지 도달했다.

스아아—

주머니에서 빠져나온 몇 알 안 되는 환단의 살짝 쏘는 향기가 느껴진다. 예전보다 배는 예민해진 코의 감각 때문에 그 위치를 찾아낼 수 있었던 것이다.

텁—

소월은 생각할 겨를 없이 바닥에 굴러다니는 환단을 덥석 집어삼켰다.

　으득! 으드득!

　입안 가득 씹히는 흙에선 말로 형용할 수 없는 맛이 느껴져 헛구역질이 올라왔으나 소월은 그것 또한 삼켜 넘겼다.

　'살아남는다. 살아서… 내 당신에게 꼭 이 말을 돌려주리라!'

　그리고 동굴에서의 고독한 일 년이 지났다.

第九章

진소월(陣昭月))

劍舞 진소월

몸을 움직일 수 없던 그 긴 시간 속에서 이를 악물고 싸워낸 끝에 그는 자신의 의지로 수족을 부려 음식물을 섭취할 수 있었다.

굳은 뼈가 조금씩 움직이기 시작하자 하루가 다르게 소월의 몸은 빠른 회복세를 보였다.

물론, 처음 음식을 손에 넣어 먹기까진 엄청난 노력이 들었으나 일 년이 지난 지금의 소월은 수족을 자유자재로 부릴 수 있는 상태가 됐다.

무엇보다 그가 가장 기쁘게 생각하는 것은 절름발이였던 자신의 다리가 다른 이들의 것과 다름없는 정상적인 역할을 한다는 것이다.

스윽—

소월은 어두운 동굴에서 자로 잰 듯한 걸음으로 주문중이
음식을 보관해 놓은 창고로 걸음을 옮겼다.

눈이 보이지 않아도 소월은 동굴 안이 제 집인 양 척척 잘도
돌아다녔다.

주문중의 안배가 훌륭한 것도 있겠지만, 무서울 정도로 뛰
어난 집중력으로 일 년 동안 이곳의 위치를 구석구석 전부 기
억한 소월이기에 가능한 일이었다.

찌직— 꿀꺽—

익숙한 손놀림으로 고기를 잡아 떼어낸 소월은 자세히 지켜
보지 않는다면 지금 눈앞이 보이지 않는 상태라는 것을 믿지
못할 정도였다.

식량은 그가 일 년 내내 배 터지게 먹어도 모자랄 만큼 쌓여
있었다.

주문중이 겨울이 본격적으로 시작되기 전에 산짐승들을 모
조리 잡아 이곳에 보관한 것은 아닐까 하는 생각이 들 정도였
다.

더욱 신기한 것은 고기가 보관되어 있는 장소엔 벌레도 꼬
이지 않고 그 신선함이 변함없이 유지되어 있다는 것이었다.
특별한 약을 발라둔 것인지 아니면 한기가 서린 굴 안의 기운
때문인지는 몰랐다.

다만 하루하루 이리 부족함없이 자신의 몸을 회복하는 데
전념할 수 있도록 한 주문중의 안배가 그저 고마울 뿐이다.

소월은 식사를 해결하고 나면 동굴의 가장 구석진 곳을 찾아 그곳에 가부좌를 틀고 앉았다.

그렇게 하면 싸한 한기가 전신의 몸을 휘감았으나 그 기운이 몸 전체에 퍼져 심신을 편안하게 해주고 상태를 호전시키는 것 같아 그는 늘 이곳에 자리를 잡았다.

스스스스―

소월은 잘 모르겠지만 그곳은 또한 주문중이 따로 안배해 놓은 한랭지기(寒冷之氣)의 기운이 뿜어져 나오는 자리였다.

웬만한 이들이라면 그 뼛속까지 침투하는 냉랭한 한기에 잠시라도 앉아 버티는 것이 힘들겠지만, 소월은 체내에서 다 풀리지 못한 천금신룡단의 기운을 한랭지기의 기운으로 다스려 풀어내고 있는 것이다.

덕분에 소월의 몸이 빠르게 호전되는 것이기도 했다.

슈우우―

한참 동안 가부좌를 틀고 앉아 있는 소월의 머리 위로 작은 아지랑이가 피어올랐다. 그것은 곧이어 어깨와 온몸에서 피어올랐으며 그 연기는 소월의 코로 다시 들어가는 것을 반복했다.

한랭지기의 위에서 그는 하루 종일 기혈과 내공을 다스리는 데 시간을 쏟았다.

스아아―

단전에서 시작된 따스한 내공이 그의 몸 구석구석을 타고 차례대로 흘렀다. 늘 막혔던 다리에서의 운용 또한 막힘없이 진행됐다.

하나, 어느 정도에 다다르자 소월은 미간을 찌푸렸다.

'또다시 이 현상이다.'

드드득─

요 근래 내공을 운용하면서 안 사실이지만 지금의 자신은 몸 안에 내재되어 있는 기운의 반의반, 아니, 그 반의반도 운용하지 못하고 있었다.

드륵─ 드륵─

자신의 역량이 부족함을 반증하는 것이기에 소월로선 아쉬운 소리를 할 수 없는 것이 마땅했다. 다만, 매번 내공을 운용할 때 끝을 내는 지점이 있는데, 그것이 마치 둑 앞에 서버린 물줄기의 막다름 같았다.

마치 다른 무엇인가가 기운이 뻗어져 나감을 강제로 억누르는 것처럼 말이다.

그도 알고 있었다.

둑을 넘어 고여 있는 이 거대한 기운이 갑작스레 터져 나온다면 자신은 그것을 이겨내지 못하고 죽을 것이라는 것을.

'지금은 조바심을 낼 필요가 없다. 지금의 내공만이라도 다룰 수 있는 경지가 되어야 한다.'

자신의 의지와 상관없는 제약을 주문중이 걸어놓은 것일 거라는 생각에 소월은 무리하지 않고 조금씩 작은 물줄기를 트는 것처럼 내공을 운용하는 데 온 신경을 다썼다.

내공을 운용하는 데엔 그 끝이 없다고 한다.

하나, 커다란 내공을 지녔음에도 운용법만 알고 있다면 그는 무림인으로서 아무런 쓸모가 없는 인물이나 마찬가지였다.

그 내공을 사용하고 그것을 이용해 땅을 가르고 바람을 자르는 무공을 발휘할 줄 알아야 하는 것이다.

소월은 앞서 말했듯이 무공에 대한 열망은 강했으나 자신의 선천적인 다리 때문에 그에 대한 미련을 버렸었다.

집안에 있는 무공 전서들을 읽어 그 구결과 동작들을 알고 있지만 가장 기본이 되는 보법조차 신체적 조건 때문에 떼지 못한 그다.

그런 그가 무공을 독학으로 뗀다는 것은 마치 태어나 기어야 하는 아이에게 걸음마부터 배우라 하는 격이었다.

소월은 생각했다.

'내가 알고 있는 보법은 단 하나뿐이다. 그것은 책을 읽어 아는 것이 아닌, 한 사람의 모습으로 각인된 것.'

"후우……."

소월은 천천히 머릿속의 기억을 떠올렸다.

짧게 숨을 멈추곤 최상의 집중력을 발휘하는 집동체를 시전하여 지난 기억에 집중했다.

쉬익!

마치 날카로운 바람이 실제로 자신의 옆을 지나는 듯한 느낌이 들었다. 그 바람을 따라 자신이 걷는 길이 점점 밝아져 옴을 느꼈다.

어둠으로 가득한 소월의 눈앞은 서서히 밝은 빛과 형형색색으로 차올랐다.

쉬이이이—

차가운 동굴 또한 따스한 햇볕이 내리쬐는 착각을 느끼게 하는 곳. 바로 어린 날 소월이 가지고 있는 기억 속에 자리 잡은 진가였다.

'내가 처음으로 보게 된 보법, 그 아름다운 모습을 난 잊지 않았다.'

소월은 집동체를 일으켜 추억을 끄집어내는 데 성공했다.

그 추억의 장소에서 그는 집 안에서 멀리 떨어진 한 널찍한 공터에 쭈그려 앉아 있었다.

쉬익! 탕!

앳된 열두 살의 나이에 경이로움을 담아 바라보고 있는 그것.

그것은 한 아리따운 소녀가 나비처럼 날아오르는 모습이었다.

'핫!'

날이 섰지만 낭랑한 소녀의 기합 소리는 하늘 가득 울렸다.

소녀의 몸이 새처럼 하늘 위로 튀어 올라섰을 때 그 검고 긴 머리칼은 바람에 흩날려 아름다운 꽃을 연상케 했다.

소랑의 외모가 빼어난 것 또한 그 모습에 큰 몫을 거들었다.

촤자작!

그녀가 쥐고 휘두른 검은 수십 개로 퍼져 아름다운 그림을 그렸다. 마치 한 편의 검무를 보는 착각을 느끼게 하는 아름다운 검술.

탁! 타닥! 취익! 쉭! 탁!

제갈세가만의 독특한 보법인 천기미리보(天機迷離步)는 상대로 하여금 튀어 오르는 현란한 동작에 빠져들어 정작 자신에겐 언제 공격이 들어오는지조차 까먹게 만든다.

취리릭!

춤추듯 움직이는 보법에 맞춰 움직이는 칼끝은 마치 바람에 몸을 맡긴 듯 휘어졌다 다시 돌아오며 하늘을 향하다 땅 아래로 꺼졌다.

탁! 쉬익!

"하앗!"

그녀가 펼치는 천기미리보는 그 깊이가 초심과 같을 것임에도 보는 이로 하여금 혼을 빼놓을 기세였다.

어린 나이에 이 정도 경지를 보인다는 것은 그야말로 엄청난 노력이 깃들었다는 뜻이다.

'어때, 소월아? 누이 많이 늘었지?'

'응! 굉장해, 누이!'

상기된 표정으로 숨을 고른 소랑은 방긋 웃으며 자신을 멍하니 바라보는 동생에게 다가섰다. 그런 누이에게 물통을 건네는 소월의 표정 또한 아직 채 가시지 않은 흥분이 담겨 있었다.

"……."

가부좌를 틀고 있던 소월의 눈동자에 작은 눈물이 맺혔다.

"누이……."

소월의 뇌리에 각인된 소랑의 아름다운 모습은 지워지지 않았다. 언젠가 자신도 저리 날아 아름다운 검무와 보법을 펼쳐 보고 싶었다.

'좋아! 우리 동생이 칭찬하니 힘이 나는데? 이번엔 새로 배우기 시작한 소천성검법(小天星劍法)을 보여줄게!'

'응!!'

어릴 적 소월은 자주 자신의 누이인 소랑에 손에 이끌려 이곳을 찾았다. 무공을 배우지 못하는 소월을 약 올리려 소랑이 그를 데려오는 것은 아니었다.

'처음 보여주는 거니까 잘 못해도 웃으면 안 돼?'

'하는 거 봐서~'

다리에 대한 자괴감에 빠진 동생을 위해 누이가 무공을 대신 해줌으로써 그것에 대한 동생의 지독한 갈증을 씻어주고 싶었기 때문이다.

'칫! 그럼 안 보여준다?'

'아, 아니야. 보여줘! 절대! 절대! 안 놀릴게.'

'흠, 좋아! 그럼 배운 데까지만!'

쉬이잉—

숨을 고르며 다시 검을 잡아 드는 소랑의 모습이 소월의 눈동자에서 점점 사그라졌다. 따스하게 내리쬐던 햇볕의 느낌도 점점 서늘한 동굴의 한기로 바뀌었다.

"후……."

꿈만 같고 마냥 행복했던 자신의 기억 속에서 빠져나온 소월은 천천히 숨을 골랐다. 차가운 동굴의 감촉, 보이지 않는 두 눈, 이것이 지금 자신이 처한 현실이었다.

"아버님……."

소월은 어둠으로 가득한 눈앞에서 자신의 아버지를 찾았다.

사아아—

또다시 따스한 햇살이 그의 몸을 감쌌다.

작은 연못이 있는 정원을 지나 서재 문을 조심스레 열고 들어서면 늘 아내의 유품을 정성스레 쓰다듬으며 눈물짓던 그의 아버지가 있었다.

그는 소월을 문의 길로 이끌어 절망에서 조금이나마 벗어나게 해주려던 사람이다.

'소월아, 너는 특별한 아이다. 너의 다리가 그리하다 하여 풀 죽을 필요 없다.'

'……'

'너는 총명한 아이다. 능히 무(武)가 아닌 문(文)으로 너의 재능과 총명함을 깨울 수 있다.'

자기 앞가림도 제대로 하지 못할 어린 나이의 소년에게 이러한 말을 해봐야 얼마나 많은 것을 깨닫겠는가.

비록 소월이 여느 또래의 아이들보다 총명하고 조숙하긴 했으나 아이는 아이일 뿐이었다. 아비 또한 자신의 이야기가 소월에게 얼마나 무리하고 감당할 수 없는 말이란 걸 몰랐겠는가.

'예, 명심하겠습니다.'

다만 그 말밖엔 따로 해줄 말이 없기 때문이 아니었으랴.

'소월아.'

'예?'

'미안하구나. 내가… 너를 그리 만들었다.'

그의 아비는 버릇처럼 모든 대화의 끝을 이 말로 맺었다.

모든 것이 제 탓이라며 가슴을 부여잡으며 소월을 안고 한참 동안 되뇌듯 그 말을 반복했다.

'아버님…….'

'내가 널 그리 만들었다. 미안하구나.'

그럴 때마다 소월은 멍한 시선으로 제 아비가 탁자 위에 올려둔 어머님의 유품을 바라보았다.

유품이라 하기엔 너무나도 상투적인 그것은, 여인들이 머리에 꽂고 멋을 내던 비녀의 일종이었다. 그 흔한 장식 하나쯤은 달릴 만했음에도 그런 것 하나 보이지 않는… 그저 길쭉한 나무 꼬챙이였다.

'…….'

소월은 제 어머니의 모습을 본 적이 없다.

소월을 낳다 돌아가셨다는 얘기만 들었을 뿐이라 어미에 대한 그리움의 감정은 좀처럼 싹트지 않았다. 자신을 이렇게 만들어 세상에 내놓은 어미가 원망스러웠으면 원망스러웠지, 그

립진 않았다.

그러나 가끔 그녀에 대해 아버지에게 물을 때면 그는 작게 미소 지으며 짤막하게 대답해 주었다.

'내 세상에서 가장 소중한 사람이고, 너를 위해 제 몸을 아끼지 않은 따스한 사람이었다.'

자신을 안아주던 아비의 품에서 소월은 가만히 눈을 감았다.

그리고 그가 다시 눈을 떴을 땐 주변은 붉게 불타오르고 있었다.

'으아아아!!'

진환륜이 자신의 집에 불을 놓고 괴한들과 함께 습격한 그 날이다.

그의 아비는 여느 때와 같이 미안하다는 말을 되뇌다 조용히 눈물을 흘렸다.

아직 당신을 좀 더 알고 싶은데, 이제야 어머니에 대한 그리움을 물으려 하는데, 그것을 어찌 알려주시지 않고 이리 가십니까.

사아아아…….

시뻘건 불길이 온 집안을 태우는 동안 소월 역시 상념에서 서서히 벗어났다. 상념에서 빠져나오자 또다시 동굴의 한기가 가슴속으로 스며들었다.

'과거에 집착하고 그곳에서 허우적거린다 해도 좋다.'

우우웅—

단전에서 시작된 천금신룡단의 기운이 서서히 소월의 눈 쪽으로 모여들었다. 엄청난 기운에 두 눈은 말할 수 없이 따끔거렸다.

스윽—

그의 눈은 마치 허물 같은 얇은 막을 바닥에 떨어뜨렸다.

소월의 오랫동안 감겨 있던 두 눈이 뜨어진 것이다. 밝은 빛이 어둠 속 한줄기 연기처럼 서서히 피어올랐다.

'이것이 내가 이 고통스런 하루를 살아가기 위한 단 하나의 빛이다.'

그동안 소월을 어둠에 잡아놓았던 눈꺼풀이 드디어 열렸다.

아직 완전하지 않았으나 이제 모든 것은 갖춰졌다.

잃었을 것이라 생각한 시력은 하루가 다르게 좋아지고 있었고, 절룩이던 다리는 깨끗이 나았다.

남은 것은 단 하나.

비상을 위한 날갯짓을 연마하는 것뿐.

처음 그가 눈을 떴을 때 보인 것이라곤 약간의 빛과 흐릿함뿐이었다. 결국 눈을 보호하기 위해 소월은 며칠 동안을 더 눈을 감고 생활하기로 했다.

하나, 그것이 그리 쉽지만은 않았다.

뭔가 궁금한 것이 있으면 눈을 자연스레 뜨게 마련이었고, 조금만 낌새가 이상하면 눈으로 찾는 버릇이 벌써부터 살아나기 때문이었다.

하나, 다행히도 아무것도 못 보고 살았던 지난 일 년 반이라는 세월 동안 소월의 청각과 후각은 극도로 예민해져 있었다. 그 덕분에 소월은 그리 어렵지 않게 며칠 동안 눈의 안정을 위한 휴식을 취할 수 있었다.

보통 한 가지 감각을 잃은 자는 그 감각을 보충하기 위해 나머지 감각들이 놀라울 정도로 예민해진다.

자의로 단련을 위해 감각을 인위적으로 단절하는 자도 있었으나 그 의지만으로 일 년이 훌쩍 넘는 시간을 단련하긴 무리가 따른다.

언제든 마음먹으면 감각을 찾을 수 있다는 안도감을 가진 이와 살기 위해 나머지 감각을 활용하는 자는 그 절박함의 깊이가 다르기 때문이다.

소월의 경우 시력을 그 긴 시간 동안 잃었던 것은 타의에 의한 것이었지만, 결과적으로 그에게 있어선 결코 쉽게 얻을 수 없는 능력을 가지게 된 것이다.

"내가 그동안 지내온 곳이 이렇게 생겼단 말이지……."

소월의 눈은 은은하게 빛나고 있는 야명주 아래서 쉴 새 없이 이리저리 움직였다.

그동안 자신이 지내온 동굴 구석구석을 살펴보았다. 앉아서 늘 명상을 하던 한기 서린 자리와 제 집인 양 음식을 꺼내 먹던 식량 창고부터 잠을 자기 위해 누웠던 곳의 위치까지.

"흠……."

눈을 감았을 땐 너무나도 자연스레 옮겨지던 걸음이 눈을 뜨고 바라보자 어색하게만 느껴졌다. 그래도 눈을 뜬 후 좋은 점 하나를 꼽으라면 이것이 있었다.

타닥타닥—

바로 불을 피울 수 있다는 것이다.

아무리 구석구석을 꿰뚫고 있는 소월이었지만 불을 피우는 것같이 위험한 행동은 절대 할 수 없었는데, 이제 눈을 뜨고 그에 대한 위험에 대비할 수 있어 불도 피울 수 있게 되었다.

그동안 마른 고기만 먹었던 그로선 불을 피우면서 익혀 먹을 음식 생각에 벌써부터 군침이 돌 정도였다.

그러나 이것을 어찌해야 하는가.

"콜록콜록! 커흑커흑!"

불을 피움으로써 피어오르는 연기를 도저히 어찌할 방법이 없는 것이다. 바위로 막혀 있는 입구엔 공기가 순환될 만한 작은 틈만이 있을 뿐, 그것은 이미 굴 안에 자욱하게 퍼진 연기가 빠져나가기엔 턱없이 부족한 크기였다.

"흐읍!"

다급히 달려간 소월이 있는 힘껏 밀어보지만 바위는 꿈쩍도 하지 않았다.

쉽게 바위를 밀고 당기며 돌아다니던 주문중에겐 그것이 별로 어렵지 않은 일이었겠지만 소월에겐 너무나도 턱없이 힘든 일이었다.

"흐아아!! 콜록! 콜록!"

온 힘을 다해 바위를 밀어보았으나 바위는 땅에 박힌 양 꿈쩍도 하지 않았다. 이 상태로는 도저히 바위를 움직이는 건 불가능했다.

타닥타닥—

"쩝쩝."

결국 바위를 움직이는 것을 포기한 채 적신 소매로 입을 가리고 간신히 고기 하나를 새까맣게 태워 굽는 데 성공할 수 있었다. 비록 그런 모양새였으나 그것을 씹어 넘기는 그 순간은 얼마나 행복하던지.

결국 고기를 구워 먹겠다는 일념 하나로 소월은 머리를 썼다. 그나마 공기가 순환되는 바위 앞에 불을 작게 피워 연기의 양을 줄이는 데 성공하여, 꽤 많은 양의 고기를 구울 수 있었다.

그가 눈을 뜨고 나서부턴 생활에 꽤 많은 변화가 찾아왔다. 그 첫 번째는 음식을 찾고 구워먹는 데 있어서의 변화였고, 두 번째는 그조차도 상상하지 못한 놀라운 것이었다.

"내 얼굴이……."

작게 고여 있는 웅덩이에 비춰진 자신의 모습. 잔뜩 꾀죄죄한 얼굴과 거무튀튀하게 얼굴 가득 자라 있는 수염을 보며 소월은 잠시 할 말을 잃었다.

슥슥—

자라난 수염을 잘라내고 세안을 마친 소월은 다시 한 번 소스라치게 놀라야만 했다.

"이게… 나란 말인가?"

그의 앳되고 가녀렸던 얼굴선은 흔적도 없이 사라져 있었고, 그 대신 단단하고 굵은 모양의 선이 자리하고 있었다.

소월의 예전 모습이 미인에 가까운 소년의 모습이었다면, 지금의 모습은 듬직한 청년의 모습을 하고 있었다.

"그분이 말씀하신 선물이라는 것이 이것인가."

가뜩이나 성장기의 나이라 많은 변화가 있을 것인데다가 한발 더 나아가 주문중이 그 얼굴에 작은 수를 쓴 것이다. 이로써 소월은 예전처럼 마을의 방을 감시하며 조마조마해할 필요가 없게 되었다.

그리고 변화의 마지막.

세 번째는 무엇보다 가장 큰 변화였다.

바로 소월이 본격적인 수련을 시작할 수 있는 몸 상태가 된 것이다.

그의 나이 열아홉 살.

아직 소년의 나이였으나 이 정도면 강호에선 성인과 마찬가지의 대우를 해줬다.

한 사람으로서의 무게를 감당할 수 있는 나이라 생각했기 때문이다.

'드디어 염원했던 수련을 할 수 있는 상태가 되었다. 하지만 무엇을 어디서부터 시작해야 하는지 도통 감이 잡히지 않는다.'

소월이 마지막으로 기억하는 주문중은 누워 있는 제 앞에 환약을 던져주고 동굴을 나간 것이었다.

그가 남긴 말처럼 언젠가 소월을 찾아올 것이니 그리 큰 문제는 아니었으나, 당장 큰일은 소월은 혼자서 막막한 무공을 단련해야 한다는 것이었다.

실제 가지고 있는 비급이라 해도 아버지가 남겨준 백지의 비급뿐.

게다가 그것마저 강줄기를 타고 흘렀을 때 이미 푹 젖었고, 가까스로 말린 터라 쭈글쭈글해 보기 흉한 책자로만 보였다.

기쁨과 슬픔이 교차하는 희비 속에 소월이 할 수 있는 것이라곤 기억을 더듬고, 비급을 계속해서 바라보는 것뿐이었다.

소월은 꽤 오랜 시간 동안 제 아비가 남겨준 비급을 안고 씨름했으나 도저히 답을 내지 못했다.

'도대체 이것의 어디가 비급이란 말인가. 무공의 구결 하나 안 적혀 있는 백지가 아닌가!'

모서리 시작부터 끝의 찢겨진 이음새까지 그 어느 곳을 보나 백지뿐이다.

'혹 이런 것일까?'

간혹 내용을 숨기기 위해 물에 젖으면 글이 나타난다거나 불에 그슬리면 그 모습이 드러나는 기법이 있다 하여 그것이 아닐까 하는 기대감에 소월은 여러 방면으로 시도를 해보았지만 턱없을 따름이었다.

무의미한 시간을 보내며 보름 동안 비급과 씨름하던 소월은 결국 중대한 결심을 하였다.

비급을 처리할 생각이 바로 그것이었다.

'어쩌면 오히려 이것을 가지고 있는 것이 자체가 해가 될 수 있다.'

천방제는 분명 비급을 찾기 위해 계속해서 자신의 주변을 맴돌 것이다.

지금은 완전히 다른 사람이 된 자신이었지만, 이 비급을 가지고 있는 이상 자신이 진가의 진소월이라는 것을 그들과 진환륜에게 떠벌리는 것과 마찬가지였다.

어차피 반쪽을 빼앗긴 지금 이것이 설령 진짜 비급이라 할지라도 나머지 반쪽을 손에 넣지 않는 한 완벽하게 배우기란 불가능하지 않는가.

그렇기 때문에 진환륜 역시 이 나머지 반쪽을 찾아 헤매는 것이라 생각했다.

'이것은 전적으로 아버지께서 나에게 맡기신 것. 위험을 안고 있을 바엔 차라리 태워 버리는 것이 나을 것이다.'

소월은 한참을 고민한 끝에 어렵게 결정을 내렸다.

이것은 분명 제 아비가 자신에게 맡긴 것이다.

어쩌면 이것은 자신에게 맡겨지기 전 불길에 잡아먹히던 그곳에서 타버렸어야 하는 것이 마땅했을지도 모른다.

타닥타닥—

힘없이 시작된 작은 모닥불은 점차 거세게 타올랐다. 손에 쥔 비급을 내려다보는 소월의 머릿속엔 수십 가지 상념이 떠올랐다.

불타오르는 집안에서 아비에게 이것을 건네받은 것을 시작으로 낭떠러지로 이것을 안고 떨어져 내린 것과, 작은 굴에 숨겨놓고 안절부절못하며 몇 번이고 확인하던 것.

볼 때마다 아비에 대한 슬픔과 누이에 대한 그리움을 사무치게 했던 이것이다.

원망스러워 몇 번이고 땅에 내팽개쳤음에도 다시금 품 안에 넣곤 사방을 두리번거려야 했던 자신을 이젠 버릴 것이다.

'허공에 떠도는 비급에 대한 미련은 없다. 오히려 이것은 내가 새로이 태어날 시작점이 될 것이다.'

깊게 숨을 들이마신 소월은 천천히 숨을 고르곤 눈을 질끈 감았다. 그리곤 손에 쥔 비급을 타오르는 불길 안으로 던졌다.

툭―

탁닥타닥―

시뻘건 불길은 소월이 내던진 비급을 감싸 안고 겉표지부터 태워 나갔다.

스와아―

달콤한 먹이를 입에 문 불길은 그 기세를 더욱 높이 뻗어 올렸다. 시뻘건 도마뱀의 혓바닥처럼 날름거리는 것이 탐욕을 느끼게 했다.

소월은 차마 그 광경을 계속 바라볼 수 없어 고개를 숙였다.

그때였다, 동굴 안을 가득 메우고 소월의 머릿속을 파고드는 중후한 목소리가 들리기 시작한 것은.

이것이 세상에 알려지기 원치 않으나 덧없이 사라지는 것 또한 원치 않음에 이렇게라도 이것을 남긴다.

"……?"

그것은 귀를 통해 들려오는 소리가 아니었다.

마치 머릿속에 누군가 자리 잡고 앉아 자신에게 이야기를 하는 것처럼 들려오는 것이었다.

이 비급을 가진 자가 어떤 목적을 가졌을지라도 이것 또한 하늘이 정해준 일이라 생각한다. 인간의 얕은 지혜로나마 옳지 못한 이가 이것을 얻어 세상을 어지럽히는 것을 방지하기 위해서 물욕을 버리는 자에게만 이 비급의 말이 전해질 것이다.

일종의 전음이었지만 그런 것에 대한 경험이 전무한 소월로선 이렇게 갑작스런 상황이 당황스러울 수밖에 없었다. 아무런 준비 없이 밖을 나서 만난 소나기랄까.

그 인물이 일개 평범한 이라면 가지지 아니한 것만 못함으로 구결은 딱 한 번 읊어질 것이다. 이 저주받은 무공을 취한 자여, 그대는 지금 하늘이 내려준 운명을 바꿀 힘을 가질 것이다. 동시에 이 힘을 취하는 자여, 그대는 하늘의 노함을 받을 것임을 명심하라. 그리고 그를 조심하라. 그를 제압하거나 죽이지 못한다면 오히려 이것은 독이 될 것이니 무공을 스스로 폐함이 옳을 것이다.

딱 한 번 구절을 읊는다는 억지에 소월은 당황했던 마음을 급하게 추슬러야 했다. 지금은 갑작스레 들려오는 목소리의 정체에 대해 생각할 틈이 없다.

집중해야 한다.

"후우……."

소월은 억지로라도 마음을 가다듬었다. 운명. 하늘이 내렸다는 그 지긋지긋한 운명을 주무를 수 있는 기회가 바로 눈앞에 나타났다.

소월은 급히 자리에 앉아 가부좌를 틀고 숨을 골랐다.

"하아아! 스읍!"

천천히 숨을 멈춘 소월은 계속해 이어지는 목소리에 온 신경을 집중했다. 그의 장기 중 하나인 집동체를 발휘했다.

존재하는 것에 대한 끊음을 보이는 멸절(滅絶)이란 이 비급은 네 가지로 나뉜다.

첫 번째 멸절심력(滅絶心歷)은 무릇 죽음의 아귀에서 벗어난 자만이 자신을 죽음으로 몰아세웠을 때 비로소 시전할 수 있을 것이다.

두 번째 멸절강기(滅絶剛氣)는 무릇 죽음을 두려워하지 않는 자만이 가질 수 있는 모든 것을 막아서는 벽이 될 것이다.

세 번째 멸절비상(滅絶飛上)은 무릇 하늘마저도 누르지 못할 기세로 모두를 압도할 것이다.

마지막 네 번째 멸절검기(滅絶劍氣)는 무릇 그에 걸맞은 검과 관이 있어야 그 위력을 뿜어낼 수 있다. 한 번의 휘두름으로 능히 땅을 뒤엎고 두 번의 휘두름은 하늘을 요동치게 할 것이다.

연이어 이어지는 구결과 비급을 위한 수련 방법을 비롯한 내공의 운행법 등 수십, 수백 가지의 말이 쉴 새 없이 쏟아져 나왔다.

집동체를 쓰고 있는 그의 이마 위로 땀방울이 흘러내린다.

천지역세(天地易勢)로 이뤄진 일영불출(日影不出)은 멸검심마(滅劍心魔)로 거듭되어 생환자득(生還自得)으로 끝을 맺는다.

이렇듯 난해하고 어려운 구결을 본 적이 있던가?

의미를 되새기는 것은 고사하고, 우선은 술술 새어 나오는 구결들을 기억하기에도 바빴다.

'외우는 것만으로도 벅차다. 도대체 언제쯤 끝나는 건가.'

글로써 적어 남기려 했다면 붓에 먹을 보충할 새도 없을 정도로 빠르게 말을 읊조렸기에, 소월이 범인이 아닌 일반인이

었다면 이중 그 어느 구절 하나 제대로 기억하지 못했을 것이
다.

　이것은 정녕 하늘이 소월에게 내려준 운명.

　그가 그토록 증오하고 거부하던 그 운명이 우연이라는 이름
으로 찾아온 것은 아닐까?

第十章

강호에 나오다

劍尊 진소월

"후……."

쉬익! 쉬리릭! 쉭! 타닥!

날카로운 파공음은 동굴 전체를 베어낼 기세로 펴져 나갔다. 흐르는 땀방울은 이미 바닥 위에 흥건히 떨어져 있었다.

마지막 이마 자락을 훑고 떨어져 나가는 땀방울을 사내는 손에 쥐어진 나뭇가지로 정확히 때려냈다.

파앗!

쉬리릭! 팟!

그의 주변으로 한차례 바람이 일렁였다.

격렬한 동작을 일순간 멈춤으로써 일어나는 일종의 검풍(劍風)이었다.

"하아… 하아……!"

거친 숨을 몰아쉰 청년은 나뭇가지를 바닥에 내려놓곤 자리에 앉아 숨을 골랐다.

"후우……."

부우웅—

가부좌를 튼 청년은 이어 공력을 운용하여 지친 몸 여기저기에 기를 돌렸다.

스르륵—

급속도로 빠져나갔던 곳곳의 흐름이 다시 충만해지는 느낌이 온몸을 엄습했다. 운기조식을 마친 청년은 땀으로 젖은 몸을 씻기 위해 물이 고여 있는 다른 굴로 걸음을 옮겼다.

"……."

청년은 세수하려던 손을 뻗다 말고 웅덩이를 한참 동안 가만히 바라보았다.

'이것이 지금의 나.'

수면 위에 비치는 자신은 전혀 다른 얼굴을 하고 있었다.

그래도 다행인 것은 예전보다 놀라는 횟수가 점차 줄어 이젠 꽤 익숙한 상태에 다다랐다는 것이다.

타닥타닥—

간단히 땀을 씻어낸 청년은 이번에도 익숙한 놀림으로 불을 피웠다. 꽤 많은 연기가 났지만 커다란 바위 옆에 나 있는 틈으로 연기가 속속 빠져나가 큰 염려는 없었다.

'어느샌가 모든 것에 익숙해지기 시작했다.'

진소월.

그가 이 동굴에 들어온 지 딱 삼 년이란 시간이 흘렀다.

주문중이 처음 꼼짝도 못한 채 죽어가던 그를 살려냈고, 죽음과 같은 재활을 이겨낸 그는 우연한 기회에 제 아비가 남긴 비급의 비밀을 풀었다.

그러고 보니 굴의 사방엔 까만 글씨가 빽빽이 채워져 있었다. 불을 피우고 난 숯을 꺼내 그것으로 자신이 외웠던 구결들을 전부 적어놓고 연구한 것이다.

기초가 없던 보법은 누이가 보여줬던 제갈세가의 천기미리보의 기억을 더듬어 수없이 연습했고, 널찍한 동굴에서 나뭇가지를 들고 펼친 맹렬한 기세의 검술은 소천성검법의 기억을 더듬어 기억한 결과였다.

이 두 가지 무공과 어릴 적 집에서 읽은 수많은 책 중 쓸모있고 기억이 정확한 것들을 연마했다. 그리고 그 기억들을 토대 삼아 이렇게 멸의 비급을 해석하고 연마하는 데 시간을 보낸 것이다.

그의 두 눈은 이미 주문중이 말했던 기간을 훌쩍 넘어 더 이상 밝은 빛을 보는 데 무리가 없을 것이다. 그럼에도 그가 굴을 벗어나지 않는 데는 이유가 있었다.

바로 입구를 막고 있는 무거운 바위 덩어리 때문이었다.

소천성검법을 응용하여 바위를 부숴보려 했지만 손에 든 나뭇가지와 얇은 무공 수위론 바위를 깨부수는 데 많은 어려움이 있었다.

그나마 작은 틈을 좀 더 벌려 불을 피울 때 연기를 수월하게 뺄 수 있었다는 게 다행이랄까?

타닥— 타닥—

그가 마지막으로 식량 창고에서 꺼내온 고기가 기름기를 떨어뜨리며 노릇하게 구워지기 시작했다.

"이게 마지막이로군."

이것이 지금 그가 할 수 있는 마지막 식사.

더 이상의 식량은 없었다. 먹어도 먹어도 줄지 않을 것만 같던 그 수많은 양의 고기는 삼 년이란 시간 동안 소월의 뱃속에 차곡차곡 쌓였다.

그래, 그것으로 이미 충분하지 않은가.

식량이 떨어졌다는 것은 곧 시간이 지체될수록 기력이 떨어져 굶어 죽을 위기에 처할 수 있다는 것을 의미했다. 적어도 삼 일 이내엔 이곳을 나가야 했다.

그것을 염두에 둔 소월은 일찍부터 비급에 있던 무공 중 멸절심력을 연구했다.

무기라 부를 만한 것이라곤 눈 씻고 찾아봐도 없는 이 동굴에서 소월이 굶어 죽기 전에 이 바위를 깨부술 만한 능력이 생기는 것은 매우 어려웠다.

소천성검법의 성취 단계가 높았으면 모를까,

어릴 적 누이가 보여준 간단한 검술을 교본 삼아 이제야 겨우 걸음마를 뗀 그다. 게다가 손에 들 수 있는 것이라곤 장작으로 쓰이는 나뭇가지 정도.

결국 지금까지 연마한 무공들로 바위를 움직이거나 부순다는 건 어림 반 푼 어치도 없는 일이란 것이다.

"역시 아무리 머리를 굴려봐도 이것밖에 방법이 없다."

결국 남은 방법은 한 가지뿐이다.

바로 무기가 필요없는 강력한 장력이나 발경으로 바위를 단숨에 부수는 것.

위력적이진 않지만 예전 무뢰배의 소굴로 쳐들어갔을 당시에도 소월은 간단한 수발경정도는 시전했었다.

내공의 운용을 강하게 끌어올려 발경을 내뿜는다면 한 번에 바위를 부수거나 하진 못하겠지만 몇 번의 시도로 바위를 움직여 굴을 나갈 수는 있을 것 같았다.

'분명 시도할 만한 가치가 있다.'

기본적으로 자신이 하고 있는 내가심법엔 한계가 있었으니, 멸절심력을 이용해 그 위력을 극대화한다면 가능성이 없는 것은 아니었다.

터벅터벅—

소월은 걸음을 옮겨 입구를 막고 있는 거대한 바위에 손을 얹었다. 때가 초여름에 가까워지고 있었음에도 바위 표면에선 서늘한 한기가 느껴졌다.

'부순다 생각하고 발경을 쏘아내면 적어도 조금씩 움직일 수 있겠지. 나 역시 예전과 다른 상태이니 가능할 것이다.'

스으읍—

크게 숨을 들이마시는 소월의 몸은 예전에 비해 상당한 근력이 붙은 상태였다.

골격 자체가 변했으니 뼈의 굵기 또한 상당히 단단하고 굵어져 있을 것이고, 그러니 예전처럼 수발경 한 방에 어깨가 빠지는 일은 없을 것이다.

"후우우……."

소월은 발경을 시전하기 위해 단전에서 시작한 기운을 끌어올려 거궐과 극문으로 보내고, 이쯤에서 멸절심력의 일 성 단계라 할 수 있는 합(合)의 단계로 들어섰다.

스스스―

소월의 어깨 위로 검푸른 기운의 아지랑이가 조금씩 피어올랐다. 이어, 뜨거운 무엇인가가 계속 단전으로부터 뿜어져 나왔다.

부우우웅―

'이제 천천히 노궁에 단단히 뭉쳐 놓은 공력을…….'

쉐아아아아!!

"……!!"

순간 소월의 몸이 급격히 떨리기 시작했다.

돌연, 단전에서 뿜어져 나오던 기운이 걷잡을 수 없을 정도로 그의 혈을 치고 올라선 것이다.

'이 무슨?

소월은 급히 그 정체 모를 기운을 안정시키려 했으나 그 노력에도 기분 나쁜 기운은 뿜어져 나오기를 멈추지 않았다.

'기를 다스릴 수가 없어?'

뜨드득!!

결국 극심한 고통과 함께 벽에 가져다 댄 그의 팔은 마치 용광로에 담가놓은 듯 극심하게 검붉게 물들었고, 퍼런 혈관들은 팔뚝 위로 툭툭 튀어 올랐다.

'이, 이러단 몸이 버텨내지 못해!!'

투두둑!

"큭!"

뼈마디가 꺾기는 고통에 소월은 얼굴을 찡그렸다.

단전의 기운을 더 이상 제어할 수 없었다.

'세 번째 멸절심력은 무릇 죽음의 아귀에서 벗어난 자만이 자신을 죽음으로 몰아세웠을 때 비로소 시전할 수 있을 것이다.'

소월은 강제로 기를 방출하려던 순간, 자신이 태운 멸의 비급서가 읊었던 글귀를 떠올렸다.

'죽음으로 몰아세운다?'

이렇게 된 이상 이판사판이다.

이대로 내력을 거두지도, 강제로 배출해 내지도 못하고 온몸이 터져 죽거나, 생사문(生死門)을 개방하는 식으로 마지막 모험을 하거나 말이다.

스윽—

소월은 단전에서 끓어오르는 기운을 다스리기 위해 애쓰던 것을 돌연 멈췄다.

"……!!"

그러자 억제시켰음에도 혈을 타통시키며 뻗어나가던 기운이 돌연 기문(期門)으로 모여드는 것이 아닌가!

두근! 두근두근!

심장의 두근거림이 순간적으로 정지함을 느끼기 무섭게 기운은 곧바로 천돌(天突)을 통해 총회(總會)로 급작스레 뻗어 올라가기 시작했다.

'이건?'

무엇이 어찌 됐는지 생각하기도 전, 소월은 자신을 감싼 흐름이 정지했음을 느꼈다. 그의 팔은 스스로 움직였으며, 날 선 기합은 자신도 모르게 튀어나왔다.

"핫!!"

콰아아앙!!

커다란 굉음이 산 전체를 울렸다.

쏴아아…….

곧이어 엄청난 흙먼지가 동굴 안에 자욱히 일어났다.

숨을 쉬기가 버거웠다.

"콜록콜록! 이건 대체……."

그때, 흩날리는 모래먼지에 손을 휘젓던 소월은 급작스레 움직임을 멈추고 가슴을 부여잡은 채 무릎을 꿇었다.

턱!

"크, 크으으으!! 아아아악!"

곧바로 온몸 근육이 찢어지는 고통이 소월을 사로잡았다.

그야말로 바닥을 구르지 않고서는 참을 수 없는 고통.

쿵! 쿵! 쿵! 쿵쾅쿵쾅!

"으으으으!!"

깨질 듯한 머리와 심장의 두근거림. 조금만 몸을 움직이려 해도 심장이 조여오는 것 같아 함부로 숨을 내뱉지도 못했다.

곧이어 죽음보다 더한 고통이 전신을 쥐어짜듯 그를 비틀어 대기 시작했다.

"으아아아아아!!"

죽을 것만 같은 시간은 그렇게 길게 그를 아픔의 우물 속에 던져 놓았다.

"으… 으… 으……."

얼마의 시간이 지났을까.

"헉헉… 헉… 헉헉……!"

소월은 땀으로 범벅된 몸을 간신히 추슬렀다. 게다가 그 뒤로도 한동안은 조심스레 움직이며 고통의 여운을 받아내야 했다.

깨질 것만 같았던 머리와 심장의 조임은 한결 나아졌지만 온몸이 흐느적거리며 힘이 들어가지 않았다.

'도대체 뭐가 어찌 된 것이지…….'

분명 자신은 강제이긴 하지만 환골탈태를 한 몸이다.

그럼에도 불구하고 이 정도까지 내력에 무력하다니. 멸이라는 무공은 대체 어떤 무공이기에 정신을 놓을 정도의 아픔을 주는가?

쉬이익—

때마침 강한 바람이 축축이 젖은 그의 머리를 흔들어놓고 사라졌다. 바람이 들어오는데도 동굴은 더 이상 울리지 않았다. 게다가 왠지 모를 따스함이 쓰러진 그의 손등 위에 내려앉았다.

햇살이었다.

"……?"

간신히 자세를 추스르고 일어선 소월은 자신의 두 눈에 비춰진 풍경에 놀라 눈을 부릅떠야만 했다.

"이, 이건……."

동굴을 막고 있던 바위는 산산조각 나서 바닥에 너부러져 있었고, 그 뒤로 자라 있던 나무들은 큰 폭발을 맞은 양 부러져 땅 여기저기에 박혀 있었다.

뜨득—

소월이 발을 대고 있던 지면은 마른 논바닥처럼 갈라져 푹 들어가 있었다. 이것이 전부 자신이 행한 무공이 만들어낸 광경이란 말인가?

아무리 소월이 실전 무공에 대한 견해가 짧다 하여도 이런 무시무시한 무공은 듣도 보도 못한 것이었다.

꿀껵—

그의 목젖 위로 마른침이 넘어갔다.

이 얼마나 경이로운 파괴력인가.

'두려운… 실로 두려운 무공이다. 이것이 아버님께서 남겨

준 비급의 힘인가. 이것이 진환륜이 찾아 헤매는 그 무공인
가.'

소월은 자신의 의지와 상관없이 작게 떨리고 있는 두 손을
내려다보았다.

"……."

두려운 힘이다. 제대로 된 무공을 펼친 것도 아니고 그저 내
력을 다스리는 내가심법 하나만으로 어떻게 이런 결과가 나온
단 말인가?

주륵—

그렇게 한참을 넋을 놓고 있던 그의 입안으로 갑작스레 비
릿한 무언가가 흘러들었다.

"……?"

어느새 코에서 흘러나온 선혈이 입안에 들어온 것이다. 비
릿함을 느낌과 동시에 그의 가슴은 무엇에 막힌 것처럼 답답
하게 변했고, 옆구리는 누군가 쑤시듯 아파오기 시작했다.

'이것이 내상?'

전신을 끊어버릴 극렬한 아픔 뒤에 무림인들에겐 죽음과도
같다는 내상까지 찾아오다니.

'아무래도 이 비급은 완전해질 때까지 쓰지 말아야겠다.'

자칫 잘못했다간 뭔가를 해보기도 전에 이 무공에 잡아먹히
고 목숨까지 뺏길 우려가 있으니까.

이러고 있을 때가 아니다.

슥—

그는 곧바로 자리에 앉아 내공을 다스리기 시작했다.

내공을 운용하다 보면 여기저기에 성난 곳들이 생기고 뒤틀리기에 그것을 잡아주고 하는데, 이 알지 못할 내가심법을 운용한 뒤론 단지 내력을 다스리는 데 있어서도 소월이 집동체를 발휘할 정도의 집중력을 요했다.

'멸의 내가심법을 시전한 이후 내력이 제멋대로 날뛰고 있다. 이런 건 들은 적도 본 적도 없는데……'

일반적으로 내력을 다스렸다간 제멋대로 날뛰는 내력을 잡지 못하고 죽음에 직면했을 것이란 소리다.

"후우……"

다행히도 소월은 집동체의 도움을 받아 무사히 운기조식을 마칠 수 있었다.

그의 온몸은 이미 땀으로 흠뻑 젖어 있었다. 내력을 잠재우고 나자 이제 소월에게 남은 건 단 한 가지뿐이었다.

탁—

그는 동굴을 막고 있던 부서진 바위의 잔해를 넘었다.

그리고 넓은 하늘과 밝은 태양이 내리쬐는 굴 밖으로 걸음을 옮겼다. 이제 굴에서 나온 그는 산을 내려가기만 하면 되는 것이었으나, 쉽사리 발을 떼지 못했다.

뒤에 자리한 동굴을 응시하는 눈동자가 굳어버린 채 움직이질 않는 것이다.

"많은 일이 있었다."

그래, 많은 일이 있었다.

잊을 수 없는 고통에서 시작해 굶어죽지 않기 위한 몸부림까지 모든 생활들을 거쳐 오면서 자신은 어느새 이 동굴 생활에서 안정을 찾았던 것이다.

"아……."

작은 불빛을 올리는 야명주 두 개가 멀찌감치 작게 빛나고 있음을 알 수 있다. 늘 앉아 좌선했던 한기 올라오는 바닥에서부터 모든 것이 아쉽게 느껴져 발걸음을 잡아놓는다.

몇 번을 그리 등을 돌렸다 말다를 반복하던 소월이었지만 그는 곧 마음을 다잡아 굳혔다.

"하나 나아가야 한다. 그러기 위해 살아 있는 것이니."

타박—

그가 아쉬움과 씁쓸함을 뒤로한 채 한 걸음 내딛자,

쿠르르릉!

동굴은 마치 그가 걸음을 떼기를 기다렸다는 듯 뒤늦게야 입구를 무너뜨렸다.

아마 소월이 바위를 조각낼 때 만들어진 충격의 여파가 운 좋게 맞아떨어진 것이었을 테지만 그것을 받아들이는 소월에겐 묘한 무엇인가로 다가왔다.

촤자작—

이어, 입구를 막아선 돌무더기 위로 토양이 내려앉았다.

두 번 다시는 이곳에 오지 않기를 바라는 마음일 수도 있었다. 입구가 막히고 그 위로 토양이 쏟아져 내리자 원래부터 존재하지 않았던 곳처럼 주변 산세와 비슷한 모양새를 띠었다.

후에 시간이 지나 풀이 자라고 나면 다시 이곳을 찾기란 매우 어려울 것이다.

그는 한참 동안 무너진 동굴을 바라보다 고개 숙여 인사했다.

"……그동안 나를 품어주어 감사했습니다."

저곳은 절름발이에 무력하기만 했던 진소월의 무덤이다.

운명을 저주했지만 운명에서 벗어나지 못해 괴로워했던 아이의 무덤이다.

잊지 않으리라.

그곳에서 죽을 고비를 넘기면서까지 참았던 아픔을. 그 아픔마저 무디게 만들 분노와 감정들을.

나는… 절대 잊지 않을 것이다.

『검제 진소월』 제2권에 계속…

Book Publishing CHUNGEORAM

마계 연대기 대공

김광수
퓨전 판타지 소설

Darkness Duke Chronicle

"여기가 마계라굽쇼!"

모태솔로의 저주를 풀기 위하여 눈물겨운 투쟁을 벌이는 강찬우.
벼락 맞고 갑자기 소환된 마계에서 만난 최상급 마족 미소녀
세를리아의 소환수 1호가 되어 벌이는 좌충우돌 대서사시.
그 누구도 깨닫지 못한 고대 마법의 힘을 얻어 마계와 중간계,
천계와 환수계, 정령계를 넘나들기 시작하는데……

행복 꽃사슴 농장 농장주가 되기를 소박하게 꿈꾸는 강찬우.
신들의 비밀을 파헤치고 앞을 막아서는 모든 것들에 강철주먹을 날리며
대륙의 지존영웅이 되어간다.
천상천하 유아독존 마계대공이라는 이름으로……

유행이 아닌 자유추구 -
WWW.chungeoram.com
Book Publishing CHUNGEORAM

일류 新무협 판타지 소설

천산마제

내일을 기약할 수 없는 땅, 천산.
소녀로부터 은자 한 닢의 빚을 진 소년 용악,
청년이 된 용악은 천산의 하늘이 된다.

하늘을 가르고 땅을 뒤엎는다!
한 호흡에 만 개의 벽(壁)‼
지금껏 내게 이빨을 드러낸 것들은 모두 죽었다.

은자 한 닢의 빚을 갚으며 시작된
십천좌들과의 승부.
오너라 천산의 제왕, 천산마제가 여기 있다!